徳間文庫

警視庁心理捜査官

捜査一課係長 柳原明日香

黒崎視音

徳間書店

目次

プロローグ

近づくまで、おかしいとは思わなかったんです……。

死体の第一発見者となった警視庁田園調布署の制服警察官は、青ざめた顔を強《こわ》張《ば》らせて、駆けつけた捜査員にそう、報告した。

死体を発見したとき、その多摩川台駐在所勤務の制服警察官は、単独で警邏《けいら》にあたっていた。

時刻が深夜を過ぎていることもあって、街は静かだった。——もっとも、かつては〝田園調布に家が建つ……〟と漫才のネタにまでなった、都内屈指の高級住宅地では、それが普通だった。

6

そして、季節の移ろいとともに、長くなりはじめた初夏の陽が落ちると、静けさに暗闇がくわわる。

田園調布の街は、東急の東横及び目黒線が乗り入れる田園調布駅を起点に、放射状に西へ広がっている。

制服警官はその、パリの街路のように延びる坂道の多い高級住宅街を、自転車のペダルに力をこめて異常がないかと巡回していた。道路に面しているのは、どれもカーポートに複数台の高級外車を並べ、家屋も有名建築家へ特注したのであろう個性的な邸宅で、垂れ込めた闇を、街灯や門灯がところどころ切り取っている。

制服警官は、路肩で自転車を止めると、片足を着いて、やれやれ……、と息をついた。活動帽を頭から持ち上げた手で、額の汗をぬぐう。

……あとは公園を一回りか。制服警官は胸の中で独りごちると、再び自転車を漕《こ》ぎだした。

住宅街を外れると、道路のわきに、自転車のスタンドを立てて止めた。放射状に広がる街路を蜘蛛《くも》の巣にたとえると、その端、街路同士の間隔がもっとも広がっている一角だ。

活動帽の下の目をあげると、左右の闇の中から続いているフェンスに設けられたコンクリート製の門の向こうに、黒一色の丘が見下ろしてくる。夜の帳《とばり》が、多摩川を隔てた川崎市の街灯《あか》りに薄められて、群青色《ぐんじょういろ》になった空に、黒い積乱雲のように盛り上がっている。

区立宝来《ほうらい》公園。ちょっとした丘陵《きゅうりょう》に樹木の生《お》い茂る一角だ。

制服警察官は点《とも》した懐中電灯を手に公園の門を抜けると、まばらな街灯がともるばかりの敷地に入った。奥は木々に覆われた丘の斜面で、木陰で一層の暗がりが緩《ゆる》やかに上へ延びており、その中をゆく散歩道もあった。

制服警官は、遊歩道より先に辺りを巡回することにして、歩き出した。

それにしても……、と警察官はハンカチで汗をぬぐいながら思った。六月に入って、急に暑くなったよな。この分じゃ夏が思いやられるよ。

重装備で勤務に就《つ》く地域課警察官が一様に抱く悩みを、胸の内で呟《つぶや》く。

実際、湿度と濃い新緑の匂いの混じり合ったねっとりした空気が、見えない霧のように漂っていた。

駐在所の警察官はそんな公園内を、遠近感を失わせる暗闇の中、懐中電灯で追い散らしながら歩き続けた。けれど闇は照らされたその一瞬だけ退散し、光の輪が過ぎ去ると、すぐにまた居座り、元通り黒く塗りつぶす。所々の水銀灯の白い光は、光の届かない暗がりを、むしろ濃くしているようだ。

痴漢は……、不審者は……、なにか異常は……。

黒い天《あま》の邪鬼《じゃく》をひとつひとつ懐中電灯で確認しながら歩き続ける警察官の眼に、小さな池が見えてきた。離れた街灯の光がわずかに届いていて、水面《みなも》が墨汁を満たしたように、鈍く反射している。その池の畔《ほとり》には、等間隔のベンチが置かれていた。

ん？……警察官は足を止めた。

そのベンチに、腰掛けている人影があった。けれど、警察官の立ち止まった位置からは、ベンチがちょうど街灯の落とす光の輪から外れた場所なこともあり、輪郭しか見て取れなかった。けれど、植え込みの暗がりを背景に、背もたれから浮かび上がった上半身の両肩の感じから、警察官は男性だと思った。顔は見えない。よほど深くうな垂れているのだろう。泥酔しているのだろうか。

警察官はちょっと息を吐くと、ベンチに座り込んで動かない人影に足を向けた。その間も、男は眠り込んでいるのか、身動きひとつしない。近づくにつれ、やはり男性だと警察官は思った。背広の襟《えり》の合わせから、白いワイシャツが垣間《かいま》見えたから。そのとき、光の加減で、男のそろえた膝《ひざ》の上で何かが、きらりと金色に光った。鞄《かばん》の金具か、ベルトのバックルだろうか。

「大丈夫ですか、御主人」警察官は、男の傍《かたわ》らまでゆくと身を屈《かが》めて、座ったままの男の肩に手を伸ばした。

「ちょっと、御主人……」

――！　警察官は自らの手が、鎮座したままの男の肩に触れる寸前、絶句した。

男の顔が見えないのは、当然だった。

首から上が、そこになかったからだ。……首の代わりにそこには、本来は露《あら》わになることはない、太い頸部《けいぶ》の、ギザギザした断面しかなかったのだから。気管らしき、薄闇の中でも一際《ひときわ》黒々とした穴が、まるで不気味な銃口だった。

警察官の、耐刃防護衣《たいじんぼうごい》と制服に包まれた汗ばんだ身体《からだ》へ、絶対零度の液体窒素《ちっそ》を注ぎ込まれたような感覚が、奔《ほとばし》った。

――首……は？　首はどこだ？

警察官は自らの問いに、全身が総毛立つような悪寒《おかん》がして、思わず一歩下がった。すると再び、近づく途中のときと同じように男の膝の上で何かが反射するように小さく光った。

小さな反射光は警察官の驚愕《きょうがく》に見開かれた眼を導き、視線を引きずり下ろした。

男の膝の上に載せられているものが、見えた。鞄でも、荷物でもない。天辺《てっぺん》が妙にてらてら光る、丸いものだった。

まさか……警察官の喉が鳴った。

男が、妙に行儀良くそろえた膝の上で、抱えているもの。

それは男の首だった。影が顔全体を人形使いの紗《しゃ》のように覆い、眼窩《がんか》のそれは漆黒《しっこく》のアイマスクのように見えた。

そして、訴えるように光ったのは――、男の口に咥《くわ》えさせられた板状の物だった。

見覚えのあるものだ、と脳裏に閃《ひらめ》きはした。けれど目の前の光景と結びつかなかった。結びつけたくなかったのかも知れない。だが膝の上で男の生首の口から飛び出したそれは、立ち尽くす警察官自身も、勤務中は肌身離さず身につけている物。いまもまた制服上衣《じょうい》の左ポケットに収まり、厳重に脱落防止ひもに繋《つな》がれている物。

それは、警察手帳だった。男の口元で徽章《きしょう》が街灯に反射し、金色に淡く輝いていた……。

第一章「現着」

両側に住宅の続く、長く緩いカーブの向こうに、赤く明滅する光が躍っているのが眼に入ると、現場が近いのが解《わか》った。

警視庁本部から疾駆《しっく》してきた捜査車両のアリオンは、サイレンを響かせ、ルーフ上のマグネット式警光灯とサンバイザーのフラットビームの赤い光を彗星《すいせい》のように引きながら、不安とも好奇ともつかない様子で門前に佇《たたず》む住民たちの脇を走り抜ける。

「緊急車両が通過します……、ご注意下さい。緊急車両が……」

アリオンのスピーカーから女の声が呼びかけた。

助手席に乗った、長い髪を後ろで纏《まと》めた女がマイクを握り、場違いに艶《あで》やかな唇を寄せていた。

女は三十路《みそじ》にいくつか踏み込んだ年齢だった。けれど、街灯を通り過ぎるたびに浮かび上がる白い顔は、頬からおとがいにかけて、すっきりと引き締まっている。そしてその端整な面立《おもだ》ちに——、緊張で硬くなりながらもどこか微笑《ほほえ》みにもみえる表情を浮かべていた。

路上の人影が増え始めて、道を埋め始めると、捜査車両は不承不承という感じで速度を落としはじめる。女は惰性で前に押され、伸びた背筋とシートの間に隙《すき》間《ま》をつくりながら、マイクのスイッチを入れた。

「緊急車両が通ります！　道を開《あ》けて下さい。緊急車両が——」

女は形の良い眉をわずかに寄せて、足下のサイレンスイッチを思い切り踏み込む。

のろのろした徐行ほどの速度を強《し》いられ、野次馬を押しのけるように進むうち、人混《ひとご》みが厚くなってきた。増えてきたのは、普段着やパジャマ姿の近所の住民ではなかった。

首から大ぶりな一眼レフカメラを下げたり、メモ用紙を片手に、鶏《にわとり》が餌《えさ》をつつくように動き回っている、マスコミ関係者だった。

「……このまま、突っ込みます？」

運転席からセルフレームの黒縁眼鏡をかけた男が、前を見たまま口を開く。表情こそ苛立《いらだ》たしげな仏頂面《ぶっちょうづら》だったが、口調は軽い。

背広姿でハンドルを握るこの男も、女とかわらないくらいまだ若かった。

「ホトケさんを増やしたいの？」

女はマイクを口もとから下ろして驚いた表情をつくり、切れ長の眼を、正面の野次馬の壁から運転席の男へと流し、小首をかしげるようにして、横目で見やった。

「一人で充分よ」

女――柳原明日香《やなぎはらあすか》の声も、わずかに苦笑を含んだ声だった。

と、そのとき、アリオンに立ち塞《ふさ》がっていた野次馬の人垣の向こうから、警察官の吹く警笛《けいてき》が響き、さらにその頭上で赤色指示灯が嵐の中のマストのように揺れた。

　すると、明日香と男がフロントガラス越しに見ていた、こちらへ背中を向けていた野次馬たちは、たったいま気づいたとばかりに驚いた顔で振り返ると、両側へひらくカーテンのように、左右にぞろぞろと分かれてゆく。そこに、警笛をくわえた制服警察官が姿を現し、すかさず赤色指示灯を突きだして、道の真ん中を空《あ》けさせる。

　すると、見渡せるようになった路上のあと数十メートル先、規制線を示す黄色いテープの向こうに、現場が見えた。そこにも大勢の人間が行き交っている——ただそれは、制服私服の警察官たちだ。

　明日香を乗せたアリオンは、そのまま低速で、規制線で立番する所轄《しょかつ》署員の持ち上げた、〝ＫＥＥＰ　ＯＵＴ　警視庁〟と記されたテープをくぐり抜ける。

　明日香がちらりと室内補助ミラーに眼をやると、背後で道路を再び塞いだ人垣から、好奇と興奮した視線が追いかけてくるような気がした。

　普通乗用車がなんとかすれ違えるほどの、典型的な郊外住宅地の道路で、右側には年代を経た一戸建てが並んでいる。

そして左側が、現場の区立宝来公園だった。鑑識の設置した照明が立木を透《す》かして漏れ、辺りを薄闇に変えていた。行き交う鑑識課員たちを影絵にし、夜の帳に浮かび上がらせているのが見える。公園のフェンスに沿って、路肩に集結した捜査車両が、数珠《じゅず》つなぎに車体を連ねている。

アリオンは、捜査一課の庶務担当管理官公用車の後ろに着けて、停車した。

明日香は助手席のドアを開けると、するりとタイトスカートに包まれた足をおろして、パンプスでアスファルトを踏み、降り立った。身長は百七十センチほどと、女性としては背が高かった。

「ホダくん」明日香はルーフ上から取り外したマグネット式警光灯を、身を屈めて運転席の男に手渡しながら言った。「先に行くわ」

「了解です」

ホダと呼ばれた運転席の男は、眼鏡のレンズ越しに、柔和に目尻のさがった細い眼で明日香を見て答えた。

男の名はほんとうは保田《やすだ》なのだが、同じ係に安田という名前のものがもう一人いるので、明日香が区別するために呼び始めたのが定着してしまった。ならば下の名前の秀《しゅう》と呼べば良さそうなものだが、誰も呼ばない。

明日香はクリップボードを手に、ひとり小走りに、薄闇のなかを、ずらりと縦列に停まった大小様々な警察車両の脇を通り過ぎ、現場に向かう。

警察車両は現場に向け、前から現着した順番に連なっている。

明日香が、捜査一課の管理官とその前の捜査一課長公用車を追い越しながら、腕時計を覗《のぞ》くと、日付が変わっている。

――もしかすると、事件の神様はご機嫌斜めかもね……。

明日香たちは先日、待機する〝在庁番〟から、要請を受けて臨場する〝事件番〟に繰り上がったばかりだった。その際、伝統行事である〝在庁祝い〟を、警視庁本庁舎六階の大部屋に奉られた神棚の下で仲間たちと頭《こうべ》を垂れて柏手をうち、厳《おごそ》かに執《と》り行った。

いい事件に当たりますように……。その時、仲間の誰かが胸の内で呟いた願いを、神様は聞き届けてくれたのかも知れない、と明日香は思ったのだった。

それにしたって、神様もちょっと意地悪じゃないかしら……、と明日香は心で呟いた。気を張っていた昼間はまったく平和だったのに、皆が帰宅して、そろそろ寝ようかという時間に事件発生とは。仲間たちはいま、それぞれの自宅から私有車やタクシーで、ここを目指しているだろう。明日香自身は、職場に残って調べ物をしていたおかげで、すぐに駆けつけられたのだが。

まあ、それはいい、と明日香は思い返す。……ただ、これから最低一ヶ月は休みなし。運に恵まれなければ、さらにお預けという生活が始まる。

いつもの修羅場《しゅらば》、もう慣れた……。明日香が整った顔立ちのなかで、眼だけを狩りに赴《おもむ》く猟犬のように厳しくし、心の中で独りごちたのは、情報収集担当である捜査一課二係の車両の脇だった。

明日香は初動捜査担当の機動捜査隊の車両に差しかかると、うなじで纏めた長い髪を、赤色灯の光をうけてわずかに艶《つや》めかせながら、いいえ、と思い返す。

——いいえ……、毎度のことながら、修羅場というより戦場ね……。

警察車両の長い列が、ようやく、本部現場鑑識のワンボックス、管轄する田園調布署の捜査車両と黒白パトカーの、先頭にまで達していた。

その先に、公園の入り口の、古びたコンクリート製の門があった。現場から押し寄せる照明で、日時計のような長い影を落としている。

明日香は長身を包むスーツの袖に通した、所属を示す腕章を確かめた。臙脂色《えんじいろ》の下地に、黄色く浮かび上がる〝捜一〟の文字。

〝捜一〟――警視庁刑事部捜査第一課。

そして、同じ黄色で腕章の上下の端を縁取る、〝金筋〟と呼ばれる線。それは、明日香の警部という階級と、役職を示していた。

明日香は捜査一課第二特殊犯捜査第五係の係長として、臨場している。

とはいうものの、いまの立場を思うと、明日香自身、つい苦笑を漏らしてしまいそうになる。

――私なんかが警視庁の刑事部、それも捜一の係長なんてね……。

そもそも明日香は、地方公務員である警視庁警察官ではなかった。警察庁採用の国家公務員Ⅱ種、いわゆる準キャリアだった。捜査の職人がひしめくノンキャリアの牙城《がじょう》、捜査一課にあっては、異色の経歴といえた。

それにくわえて、明日香が捜査一課へ転属する以前に籍を置いていたのは、警視庁公安部だった。

公安と、捜査一課を含む刑事。二つの〝所属〟――部署の間には、根深い反目があった。それは、扱う罪種が強行犯と極左暴力犯という違いだけではなかった。それは刑事と公安それぞれの、価値観の相違にもとづくものだった。例えば刑事と公安は、互いの捜査手法をこう批判する。

「刑事の連中は、被疑者を捕まえたら、取調室でその場しのぎの甘言《かんげん》を弄《ろう》して供述させている。それを被害者の敵討《かたきう》ちだと正当化しているだけだ」

「公安の奴ら、金や弱味で抱き込んだ協力者に危ない橋を渡らせといて、やばくなると簡単に切り捨てる。それを国益を守るためだとうそぶいてやがる」

刑事と公安が、価値観の一致をみる数少ない点が、互いを冷酷な集団だと見なしていることだった。だから合同で捜査に当たることはほとんどなく、あったとしても、互いへの嫌悪がさらに増幅される結果になる。

もっとも、そんな凍《い》てついた関係でも、歴代一課長には公安出身者もいて、公安から刑事への転属がまったく存在しなかったわけではない。極めてまれとはいえ、重大事案や組織的犯罪への対応のためだ。

けれど明日香の転属した事情は、違っていた。

警視庁公安部内における、権力抗争に巻き込まれたのだった。明日香は、明日香を生け贄《いにえ》の羊に選ぶことで、不祥事の隠蔽《いんぺい》を図ろうとした公安部幹部らに対し、事の真相を暴《あば》いて自らの潔白を証明したものの、結果として、公安を離れざるを得ない立場に追いやられた。

公安捜査員であることは、明日香の誇りだった。それが、警視庁はもちろん古巣の警察庁、それどころか全国津々浦々《つつうらうら》の公安関係所属に、居場所を失ってしまったのだった。

将来は警察庁に戻り、国際テロリズム事案と闘う第一線につきたい――。明日香はそんな夢への階段を、公安一課の過酷な業務の日々の中で、一歩一歩のぼっているつもりだった。その階段は音を立てて崩れ、明日香は失意の底に突き落とされた。

けれど、警察官としても、また個人としても膝をついて動けなかった明日香に、手を差し伸べる者があった。

それは鷹野《たかの》という警視であった。……ずっと以前、警察寮が極左暴力集団に爆破される事案があり、そのとき知り合った相手だった。当時は所轄の刑事課長で警部だったが、いまは昇任し捜査一課で警視として管理官に就いている。どこか茫洋《ぼうよう》とした表情が逆に印象に残っているという、不思議な男だった。

「公安から出るって聞いたよ」

鷹野はエレベーターで乗り合わせた明日香を見つけると、廊下の隅へと誘って言った。

「ええ」答えながら、明日香は内心で苦笑した。

もう噂になってる。多分、私を快く思わない連中の仕業《しわざ》だ。私の異動する本当の理由を、でっちあげた悪意の汚泥《おでい》のような作り話で塗り潰《つぶ》して、意図的に漏らしているのだろう。普段は秘密主義に凝り固まっている癖に、自分たちに都合のいい事柄に関してだけは速やかに流す、公安部らしいやり方だと思った。

「……それがなにか」明日香は小さく微笑んで言った。

「よければなんだけどね」鷹野は茫洋とした表情はそのままに、眼だけはまっすぐ明日香を見詰めて言った。「君を課長に推薦したいんだが」

「私を……」明日香は微笑を消して真顔になって聞き返した。「……ですか？」

「ああ、そうだ」鷹野はうなずいた。

私が刑事部の、それも捜査一課へ……？　――ほんの一年前なら、失笑していただろう。〝花の一課〟などと持て囃《はや》されていても、明日香たち公安部員にとっては、単に人一人殺された小さな事件を扱って右往左往し、捜査員個々人が〝俺が俺が〟とばかりに手柄を競う、目立ちたがり屋の集団でしかなかったから。

けれど、元公安部員としては、鷹野の誘いを考えざるを得なかった。

――私にはもう、他に選択肢はないようね……。

それが、明日香の結論だった。すべては公安部から出ざるを得なかった理由のためだった。同じ理由で、警察庁へ戻ることも、栄転と見なされるために不可能だったから。けれど良い面をみれば、公安部とは氷壁で隔てられている刑事部なら、かつての同僚たちの流す悪意の噂も追ってはこない、ということだ。

明日香は警部補から警部へと昇任すると同時に、鷹野の推薦を受け、捜査一課に着任した。

配属されたのは、第二特殊犯捜査四係。役職は、明日香は警部であったにもかかわらず、通常は警部補が就く主任だった。管理官付主任、という見たこともない職名が与えられた。

捜査一課内において殺人事件専門の捜査係は、課長代理である管理官のもとに〝強行犯捜査〟というグループに分けられ、そのグループ一つにつき二個から三個の殺人係が属している。それら殺人犯捜査係は一連の番号を振られていることから、通称〝ナンバー係〟と呼ばれる。

第二特殊犯捜査第四係——通称〝特四〟は、特殊犯の名を冠しながら、他の特殊犯係のような立て籠《こ》もりや誘拐、業務上過失事案は担当しない。強行犯の〝ナンバー係〟と同じく殺人事件も扱いながら、社会的影響が大きいと判断される特異事案にも対応するという、例外的な係だった。

――そうだ、特異犯罪にも対応するからこそ、あの子は特四に来たんだ……。

所轄から抜擢《ばってき》されてきたその女性警察官は、吉村爽子《よしむらさわこ》といった。二十七歳という若さながら犯人像推定、つまり犯罪者プロファイリングを専門とする心理応用特別捜査官だった。

明日香には、爽子の物静かな態度から、本心をさらすのを潔しとしない性格なのを感じ取った。けれど同時に、爽子の小柄な身体に見合った小さな顔に浮かぶ透明な表情の下に、職務への献身と優しさも、同時に察したものだった。……その大きくはない胸の内に渦巻く激情にも。

明日香にとって爽子は、可愛らしくもあるが同時に心配にもなるという、学生時代の後輩のような存在になった。

けれど爽子は、捜査一課を去った。

明日香も特別捜査本部に加わった都内連続女性殺傷事件の際、爽子は犯人像推定を的中させたまでは警視総監賞ものだったが、単独で被疑者逮捕に向かい、監禁されるという失態を犯してしまったのだった。その結果、明日香が公安部を追われたのに似て、定期異動に乗せられて捜査一課を後にしたのだった。

私がついていながら……、と明日香の心は痛んだが、失態は弁護のしようもないものだったし、なにより、押し寄せる事件は待ってはくれない。

明日香はそんな事件に追われる日々、自分の内が大きく変化していたことに、気づくことになった。

明日香も公安部に所属していた頃には、窃盗犯の主管である捜査三課に限らず、捜査一課も含めた刑事捜査員達を一括して〝ドロ刑〟と呼び、蔑んできた。治安情勢に影響のない事件ばかりだ、と。……けれど、不本意に命を奪われた被害者には、誰に命を奪われようと区別はなかった。被害者を恨んでいた友人知人だろうと、極左暴力集団だろうと。他者から意図的に与えられた死に共通するのは、ただ無残ということだけだ。

明日香は刑事捜査の現場に、深い充足感を覚えるようになっていたのだった。

そして、明日香の心が変化してゆくように、捜査一課も時代の趨勢《すうせい》に合わせて組織を変えてゆく。

強行犯捜査は殺人犯捜査係――通称〝ナンバー係〟を三つ減らし、九個係が担当する態勢になった。そして新たに、未解決事件担当の特命対策室が設置された。

特殊犯捜査に関しては、誘拐や立て籠もりを扱う第一特殊こそ変化はなかった。しかし、航空機や列車といった公共交通機関、さらに爆発物の事故及び事件を担当する第二特殊犯捜査は、複雑化する社会環境に対応する必要性から係を増やすことになり、長らく〝特四〟一つしかなかった係が、三個になった。

新設された係に番号を譲るかたちで、第四係は第二特殊犯捜査第五係――〝特五〟に呼称こそ変わっても、強行犯捜査の〝ナンバー係〟と同じく、特殊犯捜査の中で唯一、殺人事案発生に備えた〝在庁番〟を務める態勢は変わらなかった。

そして、前任の係長が転属したのを機に第四係長に就いていた明日香もまた、そのまま特五の初代係長に就いたのだった。

そしていま、柳原明日香は左腕に係長を示す臙脂の腕章と、襟元には課伝統の赤バッジを小さく光らせつつ、現場となった公園の門前に立っていた。

門から見渡した公園内は、この辺りだけ昼間が続いているように明るかった。けれど、鑑識の据えた照明の光は強烈だが白々しく、陽光のような健全さに欠けていた。

そんな中、濃紺の活動服を着た鑑識課員だけで十数人が、様々な姿勢で採証作業に当たっているのが見える。活動帽を後ろ前にかぶり〝返し〟でカメラで撮影する者、地面を這《は》うような姿勢でピンセットを使い微物を採取する者。そして、ダスター刷毛《ばけ》をくすぐるように使って遊具から指紋を検出する者。

指紋の検出は、作業がより確実になる日中まで待ってもかまわないはずだけど……。明日香は靴にビニール製の〝足カバー〟を履き、白手袋を両手にはめながら思った。

――やはり、マル害がマル害だからか……。

　なにしろ、被害者は現職の警察官だ。それが理由なのか、私服の捜査員の姿も、通常の殺人事件より多いような気がする。

　そしてその被害者は――、公園の奥の離れた場所に、張り巡らされたロープに吊られたブルーシートで厳重に囲われているのが望めた。照明のせいもあって、氷河から切り出してきた巨大な氷の塊《かたまり》のように見える。

　さて……、と明日香は、林立するアルファベットや数字を記した三角錐型の鑑識用表示板を避けて、縫うように地面へ敷かれたビニール製の黄色い通路帯へ踏み出そうとした。

「おい！　ちょっと！」

　明日香は自分の足を止めた声の主の方に眼をやった。そこに、活動帽をあみだに被《かぶ》って腰に大きなバッグをつけた鑑識課員が立ち、明日香を睨《にら》んでいる。現場鑑識第二係の主任だった。

「なにか？」明日香は腰に手を当てて答えた。

「悪いが採証はまだ終わってない」主任は無表情に言った。

「お邪魔はしませんけど?」明日香は努めて静かに応じる。

「解ってるだろ、現場じゃ俺ら鑑識が優先だ。あんたのお仲間が、もう何人も入ってる」

明日香は、表情こそ意識して笑みを絶やさなかったが、眼だけは細めるように鋭くして、主任の日焼けした顔を見据えた。

〝自白は証拠の王様〟と呼ばれた時代が終わりかけ、物的証拠こそが犯人逮捕を左右する昨今、鑑識課の重要性は高まっている。さらに、長らく自分たちを便利な存在として扱い、困ったときだけ泣きついてくる捜査員への長年の鬱積《うっせき》のせいだろうけど、と明日香は思った。——しかし、死体をこの目で見分しないわけにはいかない。

「副捜査主任官は私です」明日香は微笑んだまま軽く一礼して、歩き出した。

「おい!——」鑑識課の主任は、なめし革のような顔を強張らせて立ち塞がる。

突然に、別の声が割り込んだ。

「姐《あね》さん!」

鑑識の主任は明日香の肩越しに走ってくる声の主を見て、面倒なのが来たな、という表情で顔をしかめた。明日香も困ったような心強いような、中途半端な気持ちで振り返る。

ずんぐりした四十歳代で固太りの男が、あがった息で背広の肩を揺らしながら立っていた。

植木《うえき》慎介《しんすけ》だった。短く刈り込んだ灰色の髪と、ぎょろりとした眼を光らせている。

「おい、鑑識の」植木が鑑識課員を睨みつけて噛《か》みついた。「聞こえてたぞ、てめえ、うちの姐さんを閉め出す気か！」

明日香は、鑑識の主任と部下の間で苦笑した。植木のもの言いはまるでヤクザだが、実際、植木は所轄で暴力団捜査の経験があった。それ故か明日香を、係長でも〝キャップ〟でもなく、こうして〝姐さん〟と呼ぶ。余所《よそ》ではそう呼ばないで、と何度注意しても直らない。差し詰め植木本人は、自らを五係の若頭《わかがしら》とでも勝手に任じているのかも知れなかった。

それにしても、と明日香は思う。公安一課時代は〝女狐《めぎつね》〟、いまでこそそう呼ばれなくなったものの、捜査一課に転属したての頃は警察の隠語の意味で〝観音様〟と呼ばれていた。なかなかまともな呼び名をつけてもらえない。

「そんなこと言ってねえだろう!」鑑識課の主任が言い返す。「ただもう現場は一杯だと言ったんだ」

「なんだとてめえ!」植木はさらに気色《けしき》ばむ。「姐さんが、……係長が俺らを代表してホトケを拝むのは当たり前じゃねえか! なにも舎弟《しゃてい》ひき連れて押しかけようってんじゃねえだろ!」

「文句はおたくら一課の偉いさんと二係の連中に言え!」鑑識の主任は身を乗り出した。「資料やら初動班の奴らまでうろつきやがって――」

なるほど、事件性や捜査一課が乗り出すか否かを判断する、庶務担当管理官の第一強行犯捜査二係――現場資料班と初動捜査班まで積極的に動いているのか。道理で捜査員が多いわけね、と明日香は納得したが、目下は余計な悶着《もんちゃく》をおさめるのが先だ。

「――そこまで」明日香は部下と鑑識課員の間で、扉を押し開けるように、両手の手の平をそれぞれに向けた。

しかし姐さん……、とまだ言いたらない顔をする植木を視線で黙らせてから、明日香は鑑識課員を見詰めた。

「御迷惑をお掛けしているのは、お詫《わ》びします」明日香は言った。「だから、私はできるだけ大人《おとな》しくする。これで手打ちにして下さらない？」

「――見せないとは言ってねえでしょう」鑑識の主任は、脇を向いて吐き捨てた。

「じゃあ精々、作業の邪魔にならんように頼みますよ」

鑑識の主任が濃紺の背中を見せて作業に戻ってゆくのを明日香は、ふっと息をついて見送ったが、植木は忌々《いまいま》しいとばかりに鼻を鳴らした。

「また揉《も》めてるのか」

明日香と、まだ鼻息の荒い植木が振り返ると、痩身《そうしん》の男が立っていた。

「最近、あんたの顔をみるたびにうんざりするよ」男はさらに植木に向けてつづけ、息を吐いた。

岸田靖正《きしだやすまさ》だった。四十歳代のはじめで、細身に眼鏡をかけた神経質な顔立ちは、どこか永遠の文学青年を思わせる。

「なに？」植木が片方の眉をつり上げて見上げた。「それが盃を交わした兄弟に言う言葉か」

「あれは〝在庁祝い〟の御神酒《おみき》だろ」岸田が嫌そうに顔をしかめる。「それに、俺の家族にゃ、あんたみたいな悪人面《づら》はいねえよ」

植木と岸田は、捜査一課員の内で最も多い階級である警部補で、特五の主任だった。言葉だけなら植木と岸田は、互いに嫌い合っているように聞こえるが、実は二人は職務を離れても、家族ぐるみで付き合うほど仲がよいのだった。

そして、特五を支える両輪でもあった。

——特四のころから、私をずっとを支えてくれてる……。

公安畑の長かった明日香にとって、殺人事件の捜査は解らないことだらけだった。それどころか、情報収集を主たる業務とする公安捜査員は、報告書や内部文書、つまり警察内部でいう〝ヨコガキ〟は得意だが、刑事訴訟法に基づいた調書や令状請求書といった〝タテガキ〟はほとんど忘れてしまっている。

だから明日香は、捜査一課に着任してすぐ、一からやり直すつもりで、勉強したものだ。

知らないことは正直に認め、周りに教えを請《こ》うた。そのなかには、表面上は親切に教えてはくれるものの、やっぱり公安あがりだな、と内心では嗤《わら》っているのが解る捜査員もいたが、明日香の熱心さを認めて、かえって胸襟《きょうきん》を開いた捜査員達もいた。

それが植木と岸田、二人の主任だった。体格が柔道型と剣道型なのに似て、性格も正反対の二人ではあった。けれど係の半数を占める他の主任たちをとりまめる役であり、いざ捜査本部設置となったら、係長である明日香を補佐する、参謀役だった。

――いわば係長である私の旗本ってわけか……。

明日香がそう思って、ふっと笑った途端、走ってくる足音が聞こえた。

「あ、どうも！」保田が走ってきて、声をかけた。

「遅《おせ》えぞ馬鹿！」植木が怒鳴る。

「どうもすいません」保田は悪びれず、にこにこと笑った。「係長と一緒に現着したんですが、先にちょっと〝機捜一〇一〟を覗いてきました」

〝機捜一〇一〟は機動捜査隊の現場指揮官車で、重大事件に臨場して初動捜査の拠点となる車両だ。第六機動隊からのお下がりである人員輸送車を改造した大型バスが知られているが、ここのような住宅地が現場では、小さなワンボックス型がやってきているはず、と明日香は思った。

「で、なにかネタは挙がってたのか」岸田が尋ねた。

「いえ」保田は表情を改めると、明日香に向けて言った。「機捜もめぼしい目撃者《マルもく》や証言《ゲン》は、まだ拾ってないようです」

「そう、ありがとう、ホダくん」明日香はうなずいた。「私はマル害を含めた状況を確認してきます」

「了解です」岸田が答えた。「我々も、後から来る係の連中を纏めて、一回りしてきます」

よろしく、と明日香が口許《くちもと》の笑みで応じてから、黄色い通路帯を歩き出そうとした。

「係長、あの――」保田が追いかけるように言った。「くどいようですが、僕は、ヤスダ――」

「おら、お前なにしてる！」立ち去りかけていた植木が怒鳴る。「行くぞ！」

明日香は、白手袋をはめた右手を、肩の高さまで上げて振ってみせただけで、公園の奥に向かって急いだ。

公園の池のそばで、遺体の周囲を四角く取り囲んだビニールシートは、まるで葬送の幕舎《ばくしゃ》だった。

明日香はその、固定されたロープに吊られたビニールシートの幕を捲《まく》って、内側に潜り込んだ。すでに表情は消えていた。捜査中の、生まれて一度も笑ったことがないような捜査員の顔になっている。

「お疲れ様です」明日香は言った。

ブルーシートで、およそ五メートル四方を囲った中心に、ベンチがあった。そして、そのベンチに座った姿勢をとらされた死体が、眼に飛び込んできた。

――一報で聞いたとおりだ、と明日香は思った。

確かに、首がなかった。……と明日香は凄惨《せいさん》さと痛々しさに眉を絞られたように寄せながら、思い返す。いや、正確には、あるべきところから切り離されて、頭部は顔を前に向けられ、背広を着た死体の膝の上に、妙にきちんと置かれている。

死体とベンチの周りでは、鑑識課員たちの指紋検出や写真撮影が続いていた。

さらに第一強行犯捜二係の、初動捜査班及び現場資料班の捜査員ら数人も、状況をノートに書き取っている。……現場資料班は捜査一課の眼や耳を担《にな》い、一課の抱える事案全ての情報を把握《はあく》するいわばセンサーであり、一課への事件発生の連絡は、この班が受理する。一方、初動捜査班は、捜査本部の設置を支援する班だ。

そしてそれを、腕章をした捜査一課長をはじめとした幹部らがブルーシートの際《きわ》に並んで見守っていた。

「柳原」幹部の一人から、声がかけられた。

「平賀《ひらが》課長」明日香は死体の見分は後回しにして、切れ長の眼を幹部達の方に向けた。「お疲れ様です」

「マル害は、現職警察官だ」平賀は険しい表情で言った。

平賀悌一《ていいち》捜査一課長は、背丈はそれほどでもなかったが、痩せているせいで、少し高く割り増して見える。凶悪事件となれば、ほぼ全件臨場となる一課長の立場上、太る暇がないのだろう。実際の身長は、明日香より数センチほど高いだけだ。

「私の在任中には発生しないよう、祈ってたんだがな」

「はい」明日香は答えて、ちらりとベンチの死体に視線を飛ばした。

グロテスクに膝の上に抱えられた頭の口からは、折り返された警察手帳が突き出ている。

明日香の胸で熱く膨《ふく》らんだのは、怒り、だった。……これは愚弄《ぐろう》だ。

明日香が眼を戻すと、平賀は言った。

「マル害も気の毒だが、社会的影響が大きい。……特捜の手綱《たづな》を絞りきれるか？」

「は？」明日香は怪訝《けげん》そうに平賀を見た。

「いますぐは無理だが」桐野《きりの》理事官が口を開いた。「現在捜査中の殺人犯係を手が空き次第、こちらに転戦させることも考えてる」

明日香は、中肉中背の、普段は一課の大部屋の真ん中に席を構える、課長に次ぐ幹部に顔を向けた。課長は個室なので、実質的に大部屋の主だった。

「それは――」

籠城《ろうじょう》や人質誘拐は別にして、事案一件につき一個係が担当するのが原則だが、社会的影響を考慮して、複数の係が投入される事案はある。警察官殺傷もそれに当てはまるわけだが……。しかし、〝船頭多くして〟のたとえにもあるように、複数の係が投入された捜査は、指揮系統が乱れやすい。係長同士に個人的な親交でもあれば別だが、公安から異動してきた明日香にはそれがなく、なにより――。

……渡したくない、と明日香は思った。この事件の犯人《ホシ》は、私たちの獲物《ヤマ》だ。明日香の中で、犯人への怒りと猟欲とでもいうべき本能が混ぜ合わさって、内臓を灼《や》くような熱をもった。

「――ご配慮のみ、頂戴《ちょうだい》します」明日香は課長と理事官を等分に見詰めて、言った。

「できるんだな？」平賀は明日香の眼に、ねじ込むような視線を向けて言った。

「最善を尽くし……」明日香は平賀の視線に応えながら口を開く。「……私たちの手で」

「そうか」平賀は明日香を見詰めたまま、確かめるように言った。「頼むよ」

平賀は、はっと息を吐いてから桐野にうなずき、目顔《めがお》で促した。それから、明日香の肩先をかすめて通り過ぎると、ブルーシートの幕を捲って出て行った。二係の捜査員らも、姿を消した。

経験不足の係長では心許《こころもと》ないってことか……。明日香は、鑑識課員が黙々と作業を続ける中、捜査員としてはひとり取り残された気持ちで、心の中で呟いた。

——おまけに刑事事件とは無縁の、公安あがりだし。

もっとも、課長と理事官の懸念《けねん》も解らないではなかった。明日香もこれほどの事案は初めてだ。

ふん、と明日香は平賀と桐野の言葉と、心の奥底に薄く漂っている弱気の両方を、細い鼻梁《びりょう》の先で笑い捨てた。全力でやってみるまでだ。あとは自分たちの努力と、人知を越えた存在の、——大部屋の神棚に鎮座しているか、天におられるかは知らないが、その思し召《おぼめ》し次第だ。幸運の〝女神〟であれば心配ない。同性には好かれる質《たち》だ。明日香は公安時代の、協力者として獲得する際に奥野歩美《おくのあゆみ》とのあいだに起こった出来事を、ちらりと思い出す。

「鑑識さん」明日香は気持ちを切り替えるように、声を上げた。「お疲れ様。ホトケさん、もうすこし構わないかしら？」

「ええ、検視官の見分は田園調布署の方でやるんで……」帽子を後ろに回した鑑識課員が、カメラから顔をはなして、明日香を見た。「もうすぐ運び出しますが、五分くらいなら」

「ありがとう」明日香は口許だけで微笑んだ。

「充分よ」

では、と明日香は地面を荒らさないように注意しながら、ベンチに近づくと、死体と正対した。

屈《かが》み込むとまず、頸部の切断面を覗き込む。……赤黒い切り株のようになった首に、白い骨が飛び出しているのが目に付く。頸椎《けいつい》だった。胸を押さえられる生々しさのなか、残酷なほど白い。関節部で切り落とされていた。

突きだした頸椎より手前に、大小の穴が黒々と開いている。頸椎に隣り合った細いのが食道、その手前が気管だった。胃酸と吐瀉物《としゃぶつ》のような臭いが、鼻をつく。

切断に使用されたのは電動ノコギリか……。明日香は白い脂肪の取り巻く頸部の縁に眼を近づけて思った。ギザギザしていて、まるで食いちぎられたビーフジャーキーだ。

そして――、明日香は膝を折って屈み込む。

すると、明日香の顔と、膝の上の男の顔が、同じ高さになった。

被害者は、あまり乱れのない背広を着込み、背中は自然にベンチに凭《もた》れている。にもかかわらず、なにか大事な陶器のように、頭を膝に抱えている。

それは、残酷でありながら奇妙な光景だった。

いえ、それだけじゃない、と明日香は、あり得ないところにある男の顔を凝視しながら思った。あらゆる表情をなくした男の、青ざめた唇から飛び出したような警察手帳が、無言の抗議をあげ、旭日《きょくじつ》の徽章を金色に光らせていたからだ。

明日香は眼を男の顔に据えたまま足だけ伸ばし、手を膝に突いた。盗塁を狙うランナーのような姿勢で、見詰め続ける。ぴんと張った腰回りにタイトスカートが密着した。

どんな人間であれ、殺されていい人間なんていない。だからこそ被害者はみな無残だ。それに加えて、と明日香は思う。……この被害者は私と同じ警察官だ。

――所属こそ違え……、この被害者は広い意味では同僚であり、治安を支える仲間だったんだ……！

明日香はつい先ほど、自分が愚弄だと憤《いきどお》った理由を理解した。……警察官の誇り、さらには魂までも象徴する警察手帳を玩具《おもちゃ》にする、犯人の強烈な悪意。まるですべての警察官を嘲笑《あざわら》うような所行だ。さらに、死体の着ている背広が妙に乱れていないのにも、残虐なユーモアか……、あるいは駆けつける警察官を驚愕させ激怒させたいという意志が、仄見《ほのみ》えるように感じる。

それにしても、と明日香は背を伸ばしながら、思った。頸部を切断したのは、なんのためか。普通の死体損壊遺棄……いわゆるバラバラ事件とは違う。一般の想像とは異なり、犯人は強い恨み故に死体を解体するのではない。多くは、DNA型鑑定が普及した現在では意味はないが被害者の身許《みもと》を隠すため、あるいは単純に持ち運びしやすくするためという、即物的な理由からだ。

――切断した首を、なぜ身体と同じ場所に、しかも目立つように遺棄した……?

犯人にとって、いかなる意味、どんな理由があるのか。

――〝特異犯罪の現場には、犯人の意志が、署名のように残されてるんです〟――。

明日香の脳裏にふと、やや舌足らずな感じの声が蘇《よみがえ》った。

吉村爽子の声だった。

――このヤマは、あの子むきかも知れない……。

明日香はちらりとそう考えたけれど、爽子はいま、第九方面の多摩中央署で、強行犯係主任を務めている。如何《いかん》せん、現場となったここ第二方面、田園調布署とは遠すぎる。

「あの、いいですか」

明日香は呼びかけられて、振り返った。畳んだ担架を持った鑑識課員が二人、いつの間にか立っている。明日香は、二人の鑑識課員が来てすぐに自分へ声をかけたのではなく、少しとはいえ時間をくれたことに気づいた。

「ええ、ごめんなさい」明日香は脇にどいた。「邪魔しちゃったわね」

いいえ、と答えて、二人は死体を慎重に地面に置いた担架に横たえると、グレーのゴムカバーで覆ってから持ち上げた。

明日香は先に立ち、ブルーシートを捲って通りやすくしてやる。「よろしく」

「柳原係長」担架の後ろを支える鑑識課員が、ブルーシートを通り抜けながら押し殺した声で言った。「絶対、ホシを挙げてください……！」

「……ええ」明日香も囁《ささや》くように答えた。「仇《かたき》を討ってあげないとね」

「私たち一課員は、田園調布署へ向かいます！」

明日香は公園の門前で、集まった五係の捜査員らに告げた。

被害者の亡骸《なきがら》を載せた遺体搬送車が、規制線の向こうへと消えるのを見送った直後だった。遺体搬送車は、一見すると鑑識課の使用するなんの変哲もない輸送車だが、ただの輸送車にはないルーフ上の臭気ダクトに、規制線で待ち受けていた報道陣が気づき、フラッシュの牙を突き立てる中を走り去っていった。

「何か質問は？」明日香は両手を腰に当てて、居並ぶ捜査員たちを見回す。

植木や岸田、保田はもちろん、十人の五係の捜査員が、明日香を取り巻いている。

明日香はこれまで、背の高さが役に立ったことはない、と思っていた。公安時代は、対象者を追尾するには目立ってしまい、どうしても不利だったし、私生活でも同様だった。けれど、こうして部下……仲間を前に声を上げる場面では便利だ。

半円に自分を取り巻く五係の捜査員の中には、自分より背の低い者もいる。

——でも……、中身は一騎当千の、殺人事件解決請負人たちだ。

「質問は、ないようね」明日香は腰に手を当てたまま、軽くうなずいた。「では、行きましょう!」

田園調布署の玄関前は、さながら無法地帯だった。

玄関に面した広くもない駐車場には、報道陣がびっしりと押しかけ、異様な気炎をあげていた。それぞれの持ち込んだ照明が競うように辺りを照らし、さらにカメラのフラッシュが乱射される。

そんな狂騒が、特別捜査本部設置の準備を急ぐ講堂にも、夜の空気を震わせて伝わってきていた。

明日香は、マスコミの連中も因果な商売だけど……、と講堂を満たす騒がしさのなかで、思った。

宿直員総出で運ばれ、並べられてゆく長机が、床をこする音。折りたたみ椅子が幾つも広げられる金属音。上座《かみざ》へと押されてくるキャスター付きのホワイトボードの、鼠《ねずみ》の悲鳴のような音。ファックスや無線機の据えられる音。署員に加えて、東京都《とうと》警察情報通《つう》信部の係員たちが仮設電話のコードをリノリウムの床に伸ばし、無線機を調整している。

――まあ、ここも似たようなものよね……。引っ越しか、あるいは夜逃げのように慌《あわ》ただしい。

明日香は講堂上座、通称〝ひな壇〟の脇に設《もう》けた、長机を六つ固めた〝デスク席〟を五係の面々と囲み、隣の岸田主任と捜査項目を検討していた。このデスク席は、捜査が始まればあらゆる報告が集中する、まさに捜査本部の中枢となる。係長である明日香の席でもあるのだが、明日香を補佐する五係の主任も詰める。

「なんだ、おい、この割り振りは！」植木の、さっそく気合いをかける声が響いた。

明日香が、わずかに騒音が低まったなかで顔を上げると、講堂にあがってくる前に刑事組織犯罪対策課の大部屋で、明日香も平賀課長や桐野理事官とともに打ち合わせた田園調布署の原石《はらいし》刑組課長が、強張《こわば》った顔で植木の顔を見返している。

そして、いつのまにかやってきていた鷹野管理官の姿もあった。

「名簿の三分の一が、地域の巡査《さあこう》じゃねえか！」植木が湯気でも上げそうな顔で、手のコピー用紙を打ち振りながら言い募《つの》る。「これから出入りだってときに、どういうつもりですか！」

特別捜査本部編成――いわゆる〝組閣〟の段階で、派遣された一課と本部のった所轄がいつも揉めることだった。一課としては、経験を積んだ署員を特捜の応援要員、つまり〝臨時招集者〟に欲しい。けれど所轄にとっては、大事件発生とはいえ事案をほかにも抱えており、また日常業務もこなさなければならない。よって、経験を積ませるという名目で、所轄は若く経験の浅い警察官を差し出すことになり、主管《モトダチ》の捜査一課員の負担は増えることになる。

それを身にしみて知っている五係のほぼ全員が、机から顔を上げて原石課長を凝視している。……主任のひとりは、広げた地図上を升目に区切って地取り捜査の担当地域をきめる〝地割り〟作業の手を止めていた。別の主任も、任務編成を作成するノートパソコンのモニター越しに、冷ややかな視線を向けていた。ただ所轄の課長、つまり〝管理職警部〟より階級が下の保田たち巡査部長は、押し殺した表情で顔を背《そむ》けている。

「発生署《はっせいしょ》の責任ってやつを――」

「植木主任」明日香は植木の怒声を手で制し、椅子から立ち上がり、原石課長を見た。

所轄の人手不足は、明日香も理解している。しかし、これは殺人事件だ。人間の犯す究極の罪のひとつだ。それを扱う以上、物わかりの良い顔をするわけにはいかない。

「署員を温存した結果、管内の治安は維持できたとしても」明日香は刑組課長をまっすぐ見詰めて言った。「重大事件の犯人を捕まえられなければ、誰もこちらの署を信頼しません。——それだけの重みが、殺しにはあります」

原石課長は口をへの字に結んだ。

「そして……マル害は警察官です。私たちと同じ、仲間です」明日香は続けた。

「なんとしても仇を討たねばなりません」

「……解ったよ」原石は、はっ、と息を吐いて顔を逸《そ》らす。

「最初の名簿は見なかったことにします、叩き台でしょうから」明日香は微笑みかけた。「正式な割り振り名簿を、早急にお願いします」

「……了解だ」原石はぼそりと答えた。「もう一度、署長にお伺いを立てて、下で選び直す」

「ひとつ頼むよ」鷹野が絶妙の頃合いで、ぽんと原石課長の肩を叩いた。

そのまま原石課長とともに歩きだした鷹野を、明日香は書類を手に机をまわって追いかけようとした。

「管理官？　ちょっと——」

「柳原係長！」

明日香は、小走りに近づいてきた私服の捜査員に呼び止められた。

「係長、〃戒名《かいみょう》〃が決まりました！」

私服の捜査員——捜一第一強行犯捜査二係、現場資料班の捜査員が紙片を差し出す。

明日香は足を止め、それを覗き込んだ。

田園調布管内区立公園死体損壊・遺棄事件特別捜査本部——。

現場資料班の決める〃戒名〃は、ほぼ無味乾燥なものだけど、と明日香は思った。被害者が現職の警察官だということは、ことさら強調されていない。一課長の判断だろう。

「了解、ありがとう」明日香はうなずき、早足に歩き出す。

「係長！　〃捜査要綱〃は？」捜査員の声が追いかけた。

〃戒名〃と〃捜査要綱〃、つまり当面の捜査方針が揃うと、それを現場資料班は刑事部長名で、警視庁本部の関係所属と全所轄に、警察電話のファックスを通じて一斉送信する。これは〃特捜開設電報〃と呼ばれ、捜査開始の狼煙《のろし》であると同時に、同じ方面内の所轄には、大きな強制力を発揮する。

「少し待って」明日香は肩越しに、現場資料班の捜査員に言い置くと、署員らの準備の合間を縫って、講堂を走り抜けた。

明日香が飛び出した薄暗い廊下を見回すと、鷹野と刑組課長の、歩いて行く背中が見えた。鷹野は刑組課長の肩を抱くようにして、なにやら話しかけているようだった。

「管理官!」明日香は歩幅を広げて近づきながら呼び止める。「鷹野管理官!」

鷹野は後ろを向いて片頬をみせ、立ち止まった。それから、そのまま廊下を立ち去ってゆく刑組課長に、よろしく、とばかりに飄々《ひょうひょう》と手を挙げた。

「お早いおつきですこと」明日香は鷹野の前までゆくと微笑み、揶揄《やゆ》とも皮肉ともつかぬ口調でいいながら見上げた。

「急がせはしたんだよ」鷹野は眉を上げて答えた。「でもまあ、途上事故でも起こすとまずいからね」

　明日香は見上げたまま鼻先で息をつくように笑った。……口調こそ、知り合う切っ掛けになった数年前の警察寮爆破事件当時、明日香たち公安捜査員へ、同僚を殺されたにもかかわらず捜査情報だけあげて手を引けとはどういうことだ！　と血相変えて詰め寄ってきた同一人物とは思えない、まるでやる気のない〝ゴンゾウ〟そのものだったから。

　とはいえ、この鷹野という男が、見た目どおりの昼行灯《ひるあんどん》ではないのは、明日香はよく解っていた。確かに、獲物への執着を隠さない猟犬の如《ごと》き捜査員たちのひしめく、捜査一課という檻では異質な存在といえる。けれど、見るべきものを見て聞くべきことを聞き、そして打つべき手を打つことができる上司だ。ただ——。

　——ただ、……喰えないひとよね、ほんと。

「それに、まあ……」鷹野は女房に、負けた馬券の金額を告げるように言った。「課長や理事官に捕まってね」

「それは——」明日香は唇の微笑はそのままに、目許《めもと》からは笑みを消した。

「——他の〝帳場〟から係を引き上げて、ここに回す、という話ですね？」

おそらく、遅れたという鷹野の話は嘘で、本当のところは平賀一課長と桐野理事官との協議に時間がかかったのだろう。

「ああ、まあね。そういう話だった」鷹野は軽くうなずく。

「マル害が現職警察官である以上、複数の殺人犯係投入が普通なのは理解してますけど……」明日香は呟くように言った。

「投入するなら出来るだけ早く、という判断だな」鷹野は言った。「誰だって、ひとが先に食い荒らしたあとでは、力は出ない」

事件認知から捜査に当たる係と、途中から合流した係では、事件の扱い方に温度差が生じてしまう。それが時に、捜査本部内に金属疲労のような断裂を起こす。鷹野はそれを差しているのだった。

「――で、問題は、だね」鷹野は続ける。「〝帳場〟を引き上げて転戦を下命される可能性が高いのが、三係ってことなんだよね」

「大貫《おおぬき》係長、ですか……」明日香は無味乾燥に吐いた。

あの〝タヌキ〟か……。明日香は、大貫裕也《ゆうや》警部の土気色をして頬のそげた初老の顔を思い浮かべ、胸の内で苦々しく吐き捨てた。厚顔という装甲を纏い、傲《ごう》岸不遜《がんふそん》のエンジンで突進する戦車のような奴だった。

明日香は、公安警察の精緻《せいち》さとは違うにしても刑事警察の緻密《ちみつ》さを理解し始めていたが……、大貫の力任せの捜査手法は、悪い意味で刑事警察らしいものだった。

それだけでなく、明日香にとって大貫を受け入れがたいのには理由がある。

それは、明日香も特四の主任として、心理捜査官の吉村爽子とともに捜査に当たった都内連続女性殺傷事件だった。……大貫らの係は捜査本部の中心ではあったが、吉村爽子の犯人像推定――犯罪者プロファイリングを顧《かえり》みることなく強引な捜査を行ったのだった。

それも遠因となって爽子は暴走し、結果として、捜査一課を追われることとなった。

もちろんあの子の性格が一番の原因ではあるけれど……、とは明日香も思う。

しかし、大貫らの、捜査本部における爽子の扱いは、あまりに酷《ひど》すぎた。

理由の大半は、個人的感情に過ぎないのは自覚している。明日香にとって、捜査に私情を挟むのは、自分自身への最大の侮辱だ。

大貫のような、見境なしの馬鹿戦車が捜査本部に加わればどうなるか……。明日香は副捜査主任官として考えた。これから種を蒔《ま》こうという畑に、そんな奴が入り込んだら。

――地面はでこぼこに荒らされ、収穫どころか、ぺんぺん草の一本だって生えやしない……。

感情を消した副捜査主任官としての明日香の、それが結論だった。

「……なるほど」明日香は、微笑みのもどった顔を上げた。「管理官が遅れたのは、それが理由なんですね？」

鷹野は、大貫がいま現在、捜査に当たっている〝帳場〟を引き上げてこちらに合流する可能性のあるのを知り、それを平賀課長や桐野理事官に思いとどまらせるために掛け合っていたのだろう。だから、現場に姿を見せなかったのだ。

「それで」明日香は尋ねた。「課長からは、どれだけの猶予《ゆうよ》が」

「二週間だ」鷹野は答えた。「――マル害は警察官とはいえ、いまの所属では地域課の制服勤務で、公務中を襲われた殉職《じゅんしょく》ではない。そう課長に具申した結果だ」

「いつの間にマル害の……」明日香は呆れたように呟いたが、苦笑した。「……いいえ、それはともかく、貴重な時間を稼いでいただいて、ありがとうございます」

「ただ、殺害の動機がマル害の担当していた、あるいはしている業務と関係があると判明した時点で、課長は捜査を拡大する方針だ。……俺にできるのはこれくらいだ」

「いえ、本当に」明日香は頭を下げた。「ありがとうございます」

二週間か。……充分とは言えないが、とにかく最善を尽くすのみだ。

「捜査管理が俺の仕事だから」鷹野は言った。「まあ、誰とでも仲良くやってくれんと困るんだが」

それはそうだ、とは明日香も思う。ひと一人が、しかも警察官が殺されているのだ。けれど、本部内の無駄な軋轢《あつれき》を避けるのに、越したことはない。それは、未解決や誤認逮捕《おみやいり》の大きな原因だ。

「ええ」明日香は笑みを浮かべたままうなずいた。「捜査指揮は、私の仕事です」

それから、手にしていた紙を差し出した。「捜査要綱です」

おう、と鷹野は答えて受け取り、さすがに鋭くなった眼で読み下してから言った。

「課長と理事官の承諾をとって、資料班に回すよ。——じゃ、明日からの捜査、よろしくね」

明日香は、鷹野の飄々とした背中が、薄暗い廊下を遠ざかってゆくのを見送りながら、くすりと笑った。

——ほんと、喰えないひとよね……。

明日香は鷹野がいなくなった後も、捜査本部設置準備に追われた。刑組課長が書き直してきた割り振り案をもとにした、特捜本部編成表の作成。

〝地割り〟の確認……。目許のたるみだの肌の荒れだのを、気にする暇もないほどの忙しさだった。

——特殊犯捜査の〝特殊〟って、扱う事案の罪種ではなく、じつは所属する捜査員のことだったりして……。

明日香は自分のことも含めて、ふとそう思いついたのだが、それは明け方近くになってから、仮眠を取るべく、組み立て式簡易ベッドに疲れ切った身を横たえてからだった。そこは捜査本部の置かれた講堂とは別の小会議室で、田園調布署側が配慮したのだった。

明日香は窓際に置かれた、人間が横になれる最低限の幅と長さしかない簡易ベッドのうえで寝返りをうち、窓の外の白み始めた空と、まばらな雀のさえずりに背を向けた。

——少しでも、寝ておかないと……。

第二章「帳場」

翌日、午前八時。

初夏を思わせる快晴の空のもと、田園調布署庁舎前では、昨夜と変わらぬ報道陣の混沌《こんとん》が続いていた。

むしろ、一夜明けて報道関係者の数は増えている。それに対応して、署員が緊急車両の出入りを妨害しないように整理線を設け、赤色指示灯を振って警備に当たっていた。時折、警笛を吹き鳴らす音が鋭くあがる。

――頭部離断という異常な犯行態様……、さらに被害者は現職の警察官。

明日香は、その光景を平賀一課長ら幹部の列の中程、鷹野の後ろで廊下を歩きながら、見下ろしていた。

――マスコミの群がる条件がそろってるものね……。

ふん、と息を吐いて、明日香は胸元に抱えたファイルを持ち直す。

そうするうちに、幹部達の背中越しに、講堂の入り口がみえた。ドアは開かれたままになっていて、多人数の、微《かす》かなざわめきが漏れ出てくる。その脇には、ひとの背丈ほどもある縦長の紙が張りつけられ、そこには事件の〝戒名〟が記されている。

田園調布管内区立公園死体損壊・遺棄事件特別捜査本部
明日香は、墨痕《ぼっこん》の鮮やかさに不思議と胸を押さえられたように感じながら、鷹野に続き、他の幹部とともに講堂へ入った。

「捜一課長到着！　つけえぇっ！」

一瞬でくぐもったざわめきが消えた講堂に、気をつけ、の号令が響く。

がっ！　と図ったようにパイプ椅子をずらす音が一斉にあがり、講堂を満たす。

明日香はびっしりと書き込まれたホワイトボードの置かれた講堂の上座、捜査員らと正対する通称〝ひな壇〟の席に向かいながら、学校の教室を二つ繋げたほどの室内を見渡した。

いくつも横向きに並べられていた長机を、びっしりと埋めていた捜査員らが全員、直立不動で起立していた。

最前列は植木や岸田、保田ら第五係の面々十人が埋めていた。大多数は、ここ田園調布署の刑組課捜査員及び、各課から集められた普段は制服勤務の〝臨時招集者〟。そしてここと同じ第二方面各所轄からの応援である、〝指定捜査員〟たちだった。

明日香は〝ひな壇〟を横切る間、直属の部下のとは違う、注視する視線を頻に幾つも感じた。

それは、捜査員らの値踏みする眼だった。

こいつの指揮に従って、大丈夫なのか……？　捜査員なら、副捜査主任官をみてまず最初に考えることだ、と明日香は思った。事件解決という目的地への航海を成功させるには、本部で指揮する幹部が優秀な水先案内人であってほしいからだ。

明日香も当然、自らの経験からそれが解っている。だから、見栄《みえ》を張るためでも威厳を示すためでもなく信頼を得るために、睡眠時間を削って身だしなみを整えていた。

とはいえ、胸や腰に良からぬ視線を感じないではない。……誰のものか解れば、この帳場からいますぐ叩き出してやるのに、と明日香は表情を変えずに思った。

「互いにぃ……」明日香たちが被害者の遺影が置かれた長机にそろうのを見計らい、声があがる。「礼！」

居並ぶ捜査員らは、頭を機械じみた正確さで十五度さげると、号令とともに席に着く。まちまちの私服を着用していても、人生のある時期、徹底的に型を叩き込まれたことが隠せない者の動作だった。

明日香も礼を返して、鷹野の隣に着席する。

「ではまず――」司会を務める原石刑組課長が口を開く。「平賀捜一課長に訓辞を願います！」

「全員、ご苦労さん」平賀は立ち上がった。「すでに聞いていているとは思うが、マル害は……現職の警察官だ。さらにその遺体の状況たるや、凄惨としか言いようのないものだった」

捜一課長の口から言葉が発せられるたび、講堂内の空気が張りつめてゆく。

「まさに死者への冒瀆《ぼうとく》であると同時に、我々警察への挑戦といっても過言ではない。それを肝に銘じ、徹底した捜査を願いたい。──以上！」

平賀が着席すると、犯行状況の説明にうつる。プロジェクターが用意され、窓にカーテンが引かれる。

「端緒《たんちょ》は昨夜十二時頃、区立宝来公園を巡回中の駐在所勤務員が遺体を発見、認知にいたり──」

プロジェクターが、鑑識の撮影した遺体を映し出すと、薄闇の中で各々《おのおの》メモを取っていた捜査員らの手が止まった。

背広上下を着込んで、ベンチに座った……いや座らせられた遺体。やけに端然とした姿勢と乱れのない着衣……、それと強烈に対照的な、膝の上に載せられた首。

そして、干からびた唇に咥えさせられた、警察手帳。

明日香も幹部席で身をよじって、背後のスクリーンに映し出された遺体を改めて目に焼きつけながら、形の良い眉をひそめていた。遺体が、不愉快だったのではない。

――犯人の悪意の腐臭が、ここまで吹き付けてくるような気がする……。

「次に被害者の人定《じんてい》ですが――。來嶋聖司《くるしませいじ》巡査部長、三六歳」

プロジェクターが、警察手帳の〝証票〟――身分証用とおぼしき、制服を着用した來嶋の写真を映し出す。

よく日に焼け、眼の大きな精悍《せいかん》な顔立ちだった。なかなかの二枚目。

「現所属は西新井《にしあらい》署、地域課……交番勤務員です」

ここ田園調布とは、都心を挟んで丁度、反対側の所轄だ、と明日香は思った。

「――なお……」原石は言葉を切った。

明日香は白い顔を正面からわずかに逸《そ》らし、隣の鷹野や平賀、制服の署長らを挟んだ田園調布署の刑組課長の横顔を窺《うかが》った。それは、次に報告される事柄を知っていたからだった。

──もしそれを原石課長が事前に知っていたら、昨夜の特捜編成時の対応も変わっていただろうけど……。

「──なお、当該被害者の業務歴を本部人事二課六係に照会したところ、十年前、当田園調布署地域課に配属されております」

捜査員らは顔を上げ、微かな私語の囁きが、微細な埃《ほこり》のように講堂に漂った。

……マル害は十年前に勤務してた所轄管内で殺された……偶然なのか？

「……が、事件との関連は不明です。さらに──」

明日香は、原石が捜査員らの憶測を押さえつけるように言った時、講堂の後ろの入り口のドアが音もなく開けられ、小柄な人影が滑り込んでくるのを、眼の端に捉えた。

人影は、輪郭からスーツ姿の若い女で、髪の短いのが見て取れた。すると、公安部の極左活動家追尾で鍛えられた明日香の眼には、それが誰か、すぐに思い当たった。

ここからは見えないけど、と明日香は思った。多分、ショートの髪は、警察官らしからぬ軽い栗色に染められている筈だ。

やれやれ、鼻がきくわね……、と明日香は表情を変えず、心の中だけで苦笑する。

「――これも参考情報ですが、來嶋巡査部長は当署から七年前に池袋署警備課公安係、本部公安二課への転属を経て、西新井署勤務となったものです」

マル害には〝ハム〟の業務歴があるのか……？　捜査員らの忌々《いまいま》しげにつく息が、あちこちで漏れた。事件の筋がそっちへ向いたら、面倒だな……。

「なお、所持品については、金銭やカード類など貴重品は手つかずであり、また犯行の態様から物盗《ものと》りの線は薄いと思料《しりょう》されます」

原石が概要説明を終えると、プロジェクターの光が消え、引かれていたカーテンが開けられて室内に陽光が戻った。息苦しい薄闇が消え、明日香は救われたような気がした。

「では、一課から捜査方針の示達《じたつ》をお願いします」

「特五係長、柳原です」明日香は立ち上がった。「お疲れ様」

明日香は百名を超す捜査員を見渡した。見返してくる百対《つい》の視線には、身体全体を前から押されるような圧力さえあった。

捜査指揮はここからだ……！　と明日香は、四肢《しし》に力を入れて踏みとどまり、続けた。

「以上のように、本件マル害は現職の警察官であり、犯行態様も異常かつ凄惨という、特異な事案です。ですが、まずはマル害の身辺及び現場周辺の、徹底した基礎捜査を行います。捜査に近道はありません。皆さんの成果ひとつひとつが、被疑者を追い詰める一歩になるのです」

明日香はゆっくりと頭を巡らせて、講堂内の全員を目に焼きつけた。

「それから、言うまでもなく、亡くなった來嶋聖司部長の無念を胸に留《とど》めてほしい」明日香は続けた。「來嶋部長を同期の仲間だと思って、捜査に当たって下さい」

明日香を凝視する捜査員らの表情が険しくなった。同時にたちのぼった張りつめた熱気は、まるで陽炎《かげろう》だった。

明日香は、闘気……としか言いようのない気配に、我知らず微笑みで応《こた》えていた。

慈母《じぼ》の如き包容力がありながら、酷薄な辛辣《しんらつ》さも含んだ、硬質の笑み。

それは、目的のためなら手段を選ばなかった公安部の頃の――、〝女狐〟と呼ばれていた頃と変わらぬ貌《かお》だった。

――さあみんな、狩りを始めるわよ……。

「……では、各担当主任を伝えます」明日香は微笑みを消して着席しながら言った。「植木主任、よろしく」

「よおし、俺はデスク主任の植木だ。よろしくな」植木が捜査員配置表を手に立ち上がった。「まず〝鑑取り〟担当。捜一、岸田主任――」

これから〝第一期期間〟、つまり一ケ月の間、文字通り寝食を共にする仲間への顔見せと紹介を兼ねた編成が申し渡される。

捜査本部は、被害者の人間関係を捜査する〝鑑取り〟、現場周辺一帯を捜査する〝地取り〟、証拠品を捜査する〝ブツ〟の三本柱と、デスクの指示を受けて遊撃的に捜査する〝特命〟が基本だ。

「犯罪集団担当、――組対部二課、城島《じょうじま》主任！」

明日香はそれらの担当に加え、本部組織犯罪対策部に応援を要請していた。組対二課は、組織的外国人事犯を取り締まる。

明日香は、外国人犯罪組織の犯行も視野に入れていた。それは、現職の警察官への残虐かつ、見せしめの処刑じみた犯行だからだ。とりわけ、警察官へさえ銃器を躊躇《ちゅうちょ》なく向ける台湾流氓《マフィア》、犯行の手荒な中国人犯罪集団、〝黒社会《ヘイサーホイ》〟だ。

「――以上！」植木の声があがった。

「では、これより〝三が日〟、よろしくお願いします」明日香は言った。「散会！」

捜査員たちが一斉に立ち上がってパイプ椅子の床をこする音が、捜査開始を告げる鬨《とき》の声のように、響いた。

「誰かが来るんじゃないかとは、思ってたんだけど」明日香は立ったまま、ゆるく腕組みして苦笑した。

「ええ、先輩。お久しぶりにお会いできて、嬉しいです」

日高冴子《ひだかさえこ》は、円《つぶ》らな眼をした小悪魔的な笑顔で明日香を見上げて答えた。

二人が窓辺で話している講堂からは、ほとんどの捜査員が姿を消している。それぞれの担当主任の指示に従い、街へと飛び出していったからだ。残っているのは、〝ひな壇〟脇のデスク席の植木ら数人しかいない。その植木は、席で報告書を検《あらた》める振りをしながら、横目で窺ってくる。それは、日高冴子の所属のせいだった。

「久しぶりに会えて嬉しいのは私も同じだけれど、ね。――」明日香は言った。「公安があなたを寄越すとは、思ってもみなかった」

冴子がちいさく笑うと、陽光に髪が淡く栗色の艶《つや》を放った。

日高冴子は、明日香の公安時代の部下だった。それだけでなく、かつて明日香が公安部を追われる際に仕掛けた工作、公安でいう〝作業〟における協力者でもあった。

——もっとも、子猫みたいに可愛いのは見た目だけ。中身は変幻自在の化け猫ってところかな……。〝女狐〟が言えた義理じゃないけど。

「で？　あなたがここへ来たのは、マル害の來嶋部長が以前、公安に配属されていたから？」

「ええ」冴子は、にこっと笑った。「來嶋部長が公安部時代に携わっていた業務が、この事案と何らかの関係があるのか。それを調べたいんです」

「そう」明日香は軽くうなずいてみせる。「なら、來嶋部長の業務歴を詳しく教えてくれたら、捜査項目に追加して私たちが調べるわ。でも、まあ——」

明日香は薄い笑みを浮かべて続ける。「——私たちが公安に問い合わせたときは、けんもほろろに断られたけど？」

冴子は困ったような笑顔をちらりと覗かせてうつむく。その表情は一段と可愛らしく、明日香には小憎らしい。

「それは本当にごめんなさい。でも」冴子は困った笑顔のまま顔を上げる。「御存知……、ですよね？　公安部《わたしたち》が外にはなにも漏らさないのは」

「まあねえ」明日香はくすりと笑った。「嫌と言うほど」

公安部では、たとえ相手が警察官だと保証される警察電話からかけても、受話器を取った捜査員は内線の番号だけで答えて所属、つまり部署の名前さえ告げないほどだ。

「では、そういうことで」冴子は花が咲くように笑った。「しばらくこちらでお世話になりますね！」

「――了解」明日香はため息をついていった。「検討くらいは、してあげるわ」

「ありがとうございます」冴子は無邪気に明日香を見た。

「ただし」明日香は薄い笑みのまま冴子を見据えた。「ここでは何食わぬ顔をしておいて、よそでこっそり〝裏帳場〟、ってのはなしにして」

同じ捜査本部で捜査に当たっているにもかかわらず、刑事部とは情報を共有せず、公安部だけが裏の捜査本部を設けて秘匿《ひとく》に動くのはよくあることで、明日香はそれに釘を刺したのだった。

「そんな、先輩、まさか……」

「もしも公安部《あなたたち》が事件を潰《つぶ》すような真似をしてくれたら——」

明日香は、そんな馬鹿なことを……と言いたげな冴子の笑顔を押しつけるように、笑みを消した顔を突き出した。

「——必ず御礼をしてあげるわ。……個人的に」

自分が公安部の秘密を握っていることを、言外に強調して明日香は宣告した。それを私利私欲の取り引きのためには、一切、使ったことのない明日香だが、公のために持ち出すのは平気だった。これも、国益を最優先に行動していた公安時代の名残《なごり》かも知れなかった。

冴子は、鼻先が触れあうほどに迫った無表情な明日香に、怯《おび》えと戸惑いが半分ずつの表情をして見せた。けれど、媚態《びたい》の効果がないと悟ると、視線を逸らしてうつむき、ふっと息を吐いた。

明日香は、再び上げられた冴子の顔に、笑みが浮かんでいるのを見た。——冷やけれどもう、冴子の笑みは、小悪魔にも子猫じみても見えなかった。

やかで、硬質な、……笑みを形作った筋肉の数センチ奥では何を考えているかわからない、公安捜査員の顔だった。

「ええ、もちろん解ってます」冴子は言った。「……先輩」

「なら結構」明日香も屈めていた背を伸ばし、微笑んだ。

それにしても……、と明日香は、仮面を取り替えるように早くも笑顔を取り戻した冴子を眺めながら、思った。

――この子を派遣してきたということは、公安はこちらの情報は吸い上げるが、こちらからの照会にはだんまりを決め込むつもり、ってことか……。

まあいいか、と明日香は思い返す。調べる手段がないわけではない。それに……。

貸しを返してもらういい機会かも知れないわね、と明日香は思った。

「よう、待ったか」

明日香は頭上から降ってきた男の親しげな声に、眼を通していた新聞から顔を上げた。

「あら……、どうも。――」明日香は新聞を畳みながら、声の主に眼を向けた。

明日香の座った屋外のテーブル席の傍《かたわ》らに、上背はないもののがっしりした体格の男が、背広姿で立っていた。

「――〝常磐《ときわ》さん〟」明日香は小さく笑った。

明日香は大規模複合都市施設の一階にあるブラッスリーにいた。焼いたばかりのパンを店内で楽しめる、人気の店だ。東京駅からも近い丸の内という立地の良さもあって、平日の昼間、ランチタイムの過ぎた時刻にもかかわらず、客がテーブル席のほとんどを埋めていた。

「なんだ、外資系会社のＯＬにでも化けたつもりか？」

常磐、と呼ばれた男は、無遠慮に明日香の正面の椅子に腰を落とすと、テーブルの畳まれた英字新聞に眼を落として言った。

「ああ、これ？」明日香は微笑んだ。「ただの痴漢よけよ。なんだか知らないけど、痴漢は英字新聞を持ってる女を避けるそうだから」

明日香は、公安時代ならOLだろうとなんだろうと身分偽変は得意だったけど……、と思った。いまは無理だ。目つきが刑事のそれになってしまっている。

「くだらねえな」男は背もたれに凭れながら言った。「あんたなんかに手を出す男なんかいるかよ」

「ま、そんなことはどうでもいいとして――」

明日香は、近くのテーブルで若い女が笑い声を上げる中、組んでいた足をほどいて身を乗り出す。

「――頼んだ件は調べてくれたのよね、〝常磐〟さん？」

明日香は言い方を変えた嫌味のように、ことさら名前を強調した。〝常磐〟は、背広の両肩を筋肉で盛り上げている目の前の男の、本名ではなかった。

「まあな、感謝しろよ」

そう言って、〝常磐〟こと布施治人《ふせはると》は、上着のポケットから取り出した手帳を捲《めく》る。

布施は、警視庁公安部の筆頭課である公安総務課で、特殊な任務を担当する班を運営している。

それは〈特命業務班〉。公安部員を監視する、公安の内部組織《インナー》だ。トイレや廊下の片隅で、公安捜査員達が声を低めて吐き捨てるときの通称は、〈カスミ〉といった。

明日香と布施は、明日香が公安を去らざるをえなかった事件の際、ともに警察庁警備局長の特命をうけて、警視庁公安部の不正の解明にあたった間柄だった。もっとも、個人的に親しくなるのは絶対に御免だけど……。明日香はそんなことを考えつつ、手帳に落とした布施の団栗眼《どんぐりまなこ》を見詰めた。

「來嶋聖司は――」

布施は口を開いた。「池袋署PSで、初めて公安関係所属に配属された」

「それはこちらでも把握してるけど、……理由は？」明日香は言った。

「地域課の交番勤務をしてたころ、本署へ地道にせっせと注意報告書を上げ続けた成果らしいな。で、その努力が認められたってわけだ」

制服姿の來嶋巡査部長が、来る日も来る日も管内の巡回や〝地理接遇〟……道案内、通報された事案を扱う合間、あるいは休憩時間を潰して、熱心に書類に取り組んでいる姿が、思い浮かんだ。それは、目立たないが治安を守ることに腐心する、大多数の警察官の姿だった。

そんな警察官が首を切断されたうえ、見せつけるようにベンチに座らせられたのだ。

「そう」明日香はうなずいた。「池袋署での担当は？」

「警備課公安係、〝アパート連絡〟担当、アパート対策《アパたい》だな。当時の同僚に聞いたところじゃ、随分張り切って精を出したらしい」

極左暴力集団、いわゆる過激派の構成員やその関係者が、管内の集合住宅に居住していないかの調査をするのが、アパート対策だ。

「それでその後、本部の公二に転属した……」明日香は言った。「池袋でそれなりの成果をあげたとしても、ちょっと大抜擢すぎない？」

警視庁本部公安部において、公安二課は一課と同じく極左暴力集団、とりわけ〈赤盟派〉を監視対象としている。

「ああ」布施は軽く答えた。「警察無線の傍受やら捜査員個人への尾行やら、〈赤盟派〉が騒いでた時期があっただろ。來嶋が公二に転属したのはあの頃だ。要は、人手が足りなかったわけだ」

「それで、公二ではどんな〝作業〟を？」

「大したことはしてないらしい」布施は言った。「資料を運ぶ連絡員や、〝視察〟の交代要員ってところだな。実際、専科講習も受けてない來嶋に、任せられる仕事は限られてる。大規模な〝追尾〟や重要視察対象の〝視察〟にあたった記録はない」

「……だから、それ以降は公安に呼び戻されることなく、ずっと所轄で交番勤務を」

明日香は呟いた。

「ああ、結局向いてなかったんだろう。街のお巡りさんとしては、優秀だったとしてもな」布施は素《そ》っ気《け》なく言ってから、続けた。「一年前のテレビ取材の件、聞いてるか？」

「なにそれ？」

「よくあるだろ、警察密着ものの番組が。その取材を來嶋も受けてたんだよ、模範的な街の警察官としてな」

「そうなの。……そうね、確かに男前だったから」

明日香は答えながら、心の中で呟いていた。

――犯行の手口から、極左の線はないとは思ってたけど……。

連中が、いかに自分たち警察を憎んでいるとはいっても、犯行が猟奇的すぎる。それに連中なら、爆発物や銃器で、勤務中の警察官を狙うだろう。なにより、極左ならば犯行声明で自らの犯行を誇示するはずだが、この事案ではそれもない。

――ま、たとえわずかでも可能性がある限り、ひとつひとつ潰しておかないとね。

わざわざ捜査本部を抜け出してやってきた価値があったかは、疑問だが。

――そうはいっても、問い合わせても教えてくれない公安相手なら、仕方ないか……。

明日香は胸の内で苦笑してから、ふと気づいて布施に訊いた。

「……ではなぜ、日高さんは派遣されてきたのかしらね？」

「さあな、あんた個人を監視するためじゃねえか？」布施は鼻で嗤った。「あんたがここぞとばかりに、古巣の痛くもねえ腹を探らないようにな」

「あらまあ、信用のないこと」明日香は眼を見張って見せる。「不徳の致すところね」

「あんた、自分が信用されてるとでも思ってたのか」

布施は呆れまじりの小馬鹿にする口調で言ってから、息をついた。

「それにしても、だ」布施は周りをさり気なく見回して言った。「なんでわざわざ、こんな人目につく店を接触場所に選んだ？」

周りのテーブル席からは、相変わらず若い女の弾《はず》んだ話し声や、商談とも雑談ともつかぬ男たちの声でざわめいている。

明日香は微笑んだ。……嫌がらせに決まってるでしょ、と思いながら。

「このお店のバゲット、美味《おい》しいから」明日香は悪戯心《いたずらごころ》をおくびにも出さず言った。「なんなら御礼にご馳走しましょうか？　私はもう行かなきゃならないから、ひとりでここで食べてゆく？」

「嫌な女だな、相変わらず」布施は、さすがに顔をしかめた。

「お互い様。……でも情報はありがとう」

それじゃ、と明日香はテーブルの伝票を手にして立ち上がりながら、ふと気づいた。

「ああ、そうそう」明日香は座ったままの布施を見下ろして微笑む。「お礼の代わりに、ひとつ忠告をいいかしら？　老婆心《ろうばしん》からの」

「なんだよ」

「私があなたに連絡してから接触するまでの短時間に、これだけの防衛要員を集めたのはさすがだけど――」

明日香は眼だけ動かして、オープンカフェの席を埋めた客たちを見回してから、続けた。……若い女性の笑い声が、不意にぎこちなくなる。

「──だけどもう少し、経験をつまないとね。特に、あの女の子たち」

布施は苦笑しながら舌打ちし、目を逸らした。「気づいてやがったか」

「もちろん」明日香は口許の笑みを大きくした。「……それじゃ」

明日香は、客に扮《ふん》していた公安捜査員らの敵意で尖《とが》った視線が背中に突き刺さるのを感じながら、平然と歩き出した。


明日香は、布施と会った帰路、現場の公園へ立ち寄ることにした。

東急線を田園調布駅で降りると、高級住宅街を区切る放射状道路を歩き出す。

ビル街とは違う広い空から、燦々《さんさん》と降り注ぐ六月の陽差しが、寝不足の眼に眩しい。

明日香は足を運びながら、高級住宅地の、意外と起伏のある地形に少し驚いた。

そして、それぞれ巡《めぐ》らした塀《へい》は、衆目《しゅうもく》と詮索《せんさく》を拒絶するように高い。

閑静《かんせい》な街よね、と改めて思う。

緩い坂を一旦下ってからまた登ると、鬱蒼《うっそう》とした木々に覆われた丘が、屋根の連なりの上に突き出ている。

区立宝来公園、だった。犯行現場はここから丘の反対側だ。

丘へと続く散歩道の入り口と、公園の敷地を囲むフェンス沿いの道には規制線の黄色いテープが張られ、制服警察官がそれぞれ立番に当たっている。

お疲れ様、と声をかけて、警察官の持ち上げてくれたテープをくぐりながら、それにしても……、と明日香は思った。

――布施の話が真実ならば、〝公安ボシ〟の可能性はますます低くなったけど……。

ふうっと息をつきながら、フェンス沿いに公園の反対側へと向かう。

現場の風景は、昨夜、臨場したときと印象が違っていた。丘の木々は黒い塊というより、鬱蒼とした陰影の重なりだった。

ただ、紺色の活動服を着た鑑識課員らの採証活動は、昨夜と同じく続いていた。

深夜の事案なら現場保存だけを徹底し、鑑識活動は翌日の昼間、明るいときに満を持して行うこともあるのだが、マル害が現職警察官ということで、鑑識も慌て駆けつけたのだろう。その來嶋聖司巡査部長は、なぜ殺されたのか。

さらに、なぜ犯人は首を切断する必要があったのか。

犯人が遺体をバラバラにするのは、警察が人定《じんてい》を割れないようにする、つまり身許《みもと》の割り出しを容易にできないようにするためであり、また、遺体を持ち運びしやすくするためだ。

けれど明日香には、頭部を切断しただけで、遺体を運ぶのが楽になるとは、思えなかった。しかも、別々の離れた場所に遺棄して、身元確認を遅らせようとしているわけでもない。同じ公園内、さらに胴体をベンチに座らせ、頭部までわざわざ抱えさせている。しかも、その口には、警察手帳を咥えさせている。

——犯人は、來嶋が警察官だから殺したのか。それとも、公安時代との関わりがあるのか……。

後者の線も捨てきれないので、布施に公安配属時の業務歴を調べてもらったわけだが。

明日香は、鑑識課員らに交じって公園内を一通り確認し、現場を後にしながら考え続ける。

——でも、布施の話を聞くかぎり、來嶋部長は、よい意味で平凡な警察官という印象だけど……。

今のところ思い浮かぶのは、仕事に精を出しつつ、自分の出世も忘れていないという、人間臭い警察官の姿だ。そして、現所属の署内でも、テレビの取材対象に推薦されるほど信頼されていた。

もっとも、捜査はまだ始まったばかりだ、と明日香は思い返す。今後、どんな報告があるやも知れず、マル害の人物像を決めつけるつもりはない。

——來嶋の人物像は、いまはまだ、あやふやな輪郭くらいでいい。

規制線に差し掛かると、警察官の青い制服の背中と、こちらにカメラを据えた報道関係者が道をふさいでいた。

「あ、係長！　捜査の進展は！」

「ちょっと、一言お願いします！」

道を開けさせる警察官に押されながらも、報道関係者は声を上げた。

——悪いけど、私は忠実な公僕なので……。

明日香は、にこりと微笑んで会釈《えしゃく》をしただけで、警察官に課せられた〝所見公表等の制限〟を守り、無言で通り過ぎる。

報道陣の輪を抜けると、近所の住人の野次馬……警察でいう〝蝟集者《いしゅうしゃ》〟が、現場を窺いながら、ひそひそと小声で話している。こういう場合、いつもそうだが、野次馬は深刻そうな顔をしていながら、どこか嬉しそうだ。

明日香は、ふと道端に小さな折りたたみ机が置かれ、いくつかの花束が供えられているのに気づいた。明日香が目を止めたとき、その臨時の献花台に、若い女性が花を手向《たむ》けるところだった。

明日香は、警察官の仕事上の功績が、決して人事記録に残されたものばかりではないということを、献花台に供えられた花に教えられたように思った。

「あ、お帰りなさい」

明日香が講堂の捜査本部へ帰り着くと、数人が書類を前にするデスク席のそばに立っていた日高冴子が、目敏《めざと》く気づいて声をかけてきた。

「はい、ただいま」

明日香は答え、冴子が講堂の隅の、お盆を抱えて茶器やポットの置かれた机へと向かうのを確かめてから、植木の席の脇に立った。

「ああ、姐さん。お帰りで」植木は簿冊《ぼさつ》から顔を上げた。

繋げた長机のうえに、纏められ表紙をつけて綴《と》じられた書類――簿冊が、捜査本部初日にして、山になろうとしていた。捜査本部第一期期間中の一ヶ月は、書類での報告が捜査員に義務づけられているからだ。

「……あの子、大人しくしてた？」明日香は長身を屈めて、植木の耳元で囁いた。

「まあ、やたらと愛想を振りまいて、茶の世話やら簿冊の整理やらを買って出てましたけどね」

明日香と植木は、茶の用意をする冴子の背中に同時に眼を向けた。

「……いまのところ、邪魔にもならんので、好きにさせてますが」

冴子は二人の視線に気づいたのか、インスタントコーヒーを淹《い》れていた手を止めて、振り返った。にこりと笑う。明日香も笑い返し、冴子が背中を向けると呟いた。

「もう〝世話焼き作業〟を、ね……」

「で、そっちはどんな塩梅《あんばい》で？」植木が小声で尋ねた。

「断定はできないけど」明日香も声を低めて答える。「〝公安ボシ〟の線は、聞いてきた限りでは、可能性が低いように思います……」

「まあ、そうでしょうな」植木が言った。「極左というより、むしろ外国人犯罪集団の仕業《しわざ》って方が、しっくりくる」

「ええ、そうね。でも――」明日香は続けた。「公安部に隠蔽しておきたいことがあって、その煙幕のために私に吹き込んだ可能性があるから……、最初に言ったとおり、断定はしないけど」

「なんにせよ姐さん、〝先決筋〟に走っちゃだめだ」

植木は、先に筋を決めること、つまり見込み捜査へと傾かないように、たたき上げの軍曹《ぐんそう》が新任士官を諭《さと》す口調で言った。実際、同じような立場だった。

「ええ、解ってますわ」明日香は微笑んで、背を伸ばした。

「それから」植木は机からメモを取りあげた。「ホトケさんの検案が終わりました。遺体を当署に移して、遺族と対面させるそうです」

被害者の遺体の検案——司法解剖は、東京大学法医学教室で行われた。警察からは鑑識課員に検視官、そして明日香たち五係も立ち会っている。

「どうします？　ホトケさんの家族は、立ち会いの永井《ながい》に、そのまま任せますか」

明日香は表情を消した。……被害者対策は、警察官にとって辛《つら》い仕事だ。

遺族にとっては、ある日、突然に親しい者が消えて無くなり、骸《むくろ》だけが残される。そして、これまでの日常にはもう戻れないということ……、そして、命こそがそのひとをそのひとたらしめているものなのだということを、拷問と同じくらいの惨《むご》さで思い知らされる。

そんな、心にぽっかり開いた穴に悲痛を注ぎ込むことしかできない遺族を前に、捜査員は事案を説明し、被疑者逮捕に全力を挙げることを誓わなくてはならない。

辛い役目だ、と明日香は心に書き込むように思った。

けれどそれは、刑事捜査員の、いや警察官であることの原点に繋がることだった。

「解りました」明日香は伏せた眼を上げた。「……私も立ち会います」


田園調布署の霊安室は、捜査本部の設けられた本館と中庭を挟んだ別館の一階、ほぼ車庫の占めるフロアの片隅にあった。

六畳ほどの狭い部屋で、簡素な室内には消毒液の強い臭いと、換気扇の微かな唸《うな》りが漂っている。

クレゾールだろうか……。明日香は鼻孔《びこう》を刺激されながら、腹の前で手を組み、他の捜査員らとともに、遺族の後ろに控えていた。

來嶋聖司巡査部長の妻、清美《きよみ》が、部屋の真ん中に置かれた棺《ひつぎ》を見下ろしている。

來嶋はすでに棺に納められている。切断されていた首は解剖終了後につなぎ合わされていたが、その痕《あと》は、とても遺族の眼に触れさせられるものではなかったからだ。

「……あなた？」

棺の先に置かれた質素な祭壇から、線香が漂う中、清美はおずおずと声をかけた。疲れて居眠りする夫を起こしてよいものかと、迷っているように。

「あなた、……起きて……うそでしょ……」清美はぼんやりしたまま、言葉が口からこぼれるのに任せているような声で続けた。そして、言葉が尽きると、声を迸《ほとばし》らせた。

「いやあぁっ――――！」

場数を踏んだ警察官でも完全には慣れることのできない遺族の絶叫に、明日香は眼を閉じるしかなかった。

明日香が眼を戻すと、清美は膝を折って棺に取りすがっていた。そして、蒼白の來嶋の頬に、自らの涙に塗《まみ》れた頬を擦りつけるようにしながら泣き叫んでいる。

清美は來嶋より三つ年下の三十三歳。整った顔立ちをしていて、いまのような悲痛に歪《ゆが》んでいなければ、二枚目の來嶋とは、美男美女の取り合わせだっただろう。そう明日香は思った。そして――、二人の間にできた、五歳の男の子も、可愛い盛りに違いないとも。

「奥さん……」明日香とともに控えていた五係主任の永井が、清美の背中に近づこうとした。

明日香はそれを手で制し、抗議するように見返してくる永井を見詰めて囁いた。

「いいから。……もうすこし、待ちましょう」

霊安室にしばらく、慟哭《どうこく》だけが響いていた。

清美の慟哭が嗚咽《おえつ》に変わると、明日香はそっと近づいて、なって半日たらずの未亡人の肩に手を添えた。

「清美さん」明日香は静かに語りかけた。「御主人のこと、お悔やみを――」

「……聖司さん……私の、主人は……」清美は病み上がりのように身体をよろめかせながら、明日香の手を借り、寄りかかっていた棺から立ち上がった。

「……お、夫と……しても、……警察官……としても、立派な……ひと、でした……」

清美は不意に、明日香に身体を向けた。それから、泣き崩れた顔を突き出すようにして明日香を見上げ、袖をつかんだ。

「それが……！　どうして、どうしてこんな目に遭わなきゃならないんですか！」

明日香は、摑《つか》まれた二の腕に指が食い込む痛みを無視して、静かに清美を見た。清美は涙が溢《あふ》れた眼を怒りにつり上げて、食い入るように睨んでいる。

「それをいま、捜査しています」明日香は言った。「なぜ御主人がこのようなことになったのか……。犯人の口から、必ず聞き出します」

清美の眼から、怒りが消えた。そして、怒りが溶け出したように涙が溢れ出した。

「……お願いします……！」清美は唇を震わせて懇願した。「……どうか……どうか……！」

明日香は、顔を伏せて崩れ落ちそうになる清美の身体を、咄嗟《とっさ》に支えた。

「――永井さん」明日香は小声で、手を出しかねていた主任に声をかけた。

永井に支えられて清美が霊安室から出て行くのを見送ると、明日香は息をついた。

どんなに悲嘆にくれていようと、妻を捜査線上から外すわけにはいかない。それが、宿業《しゅくごう》にも等しい、捜査員の義務だから。しかし……。

家庭も仕事もこれから、という時に、あなたはなぜ殺されたの……？　明日香は振り返って、棺の中の、來嶋の鼻筋のとおった横顔に問いかけた。……そして、誰に？

もちろん答えはなかった。

明日香は來嶋に手を合わせると、霊安室を後にした。

明日香はそれから、デスク席で書類の処理に忙殺された。

昨夜の初動捜査における機動捜査隊の報告書、鑑識課の現場検証報告書、田園調布署の実況見分調書……。それら簿冊の山をなす一枚一枚に、眼を通しておかなくてはならない。

簿冊の山は、宝の山……。明日香はそう心で呟きながら、内容を頭に叩き込んでゆく。

「……先輩？」冴子が声をかけてきた。「何か飲まれます？」

「じゃあ、お酒」明日香は書類に眼を落としたまま答えた。「ギリシア産のワインがいい」

「ええっと……」冴子は口ごもった。

植木が自分の席で、へっ、と笑うのが聞こえた。明日香も、くすりと笑ってから、簿冊から顔を上げて、傍らに突っ立ったままの冴子を見上げた。

「冗談よ。――緑茶があったらもらえる？」

眼の疲れに目頭を揉みながら、冴子の淹れてくれたお茶を受け取り、明日香は窓に顔を向けた。

書類に集中していたので気づかなかったが、空は黄昏《たそがれ》をとうに過ぎて、陽の光は屋根の向こうに橙色の帯を残しているだけだった。

捜査の一日目が暮れようとしている。明日香は息をついて、また書類に没頭した。

それから、しばらくして、明日香はふと、身の回りの気配の変化に気づく。大勢の話し声が近づいてくる。

明日香が顔を上げると、講堂に捜査員達が続々と入ってくるところだった。

もうそんな時間か……。明日香が見上げた壁の時計は、午後八時十分前を指している。

夜の捜査会議が始まる時刻だった。

捜査会議とはいっても、捜査員は自由に発言できるわけではない。一日の成果は、一旦、それぞれの捜査項目を担当する主任によってとりまとめられ、発表するに値するものだけが、全捜査員の前で報告される。

だから、一日歩き回り講堂へと戻ってきた捜査員らは、それぞれの担当主任の姿を見つけて周りに集まると、手帳片手に口頭での報告をはじめていた。

「時間、ですね」

明日香が報告の声でざわめきだしたなかで口を開くと、植木や、刑組課の原石課長らデスク担当が顔を上げた。冴子も、この場へ妙に馴染《なじ》んでいる。

「そいじゃ、始めますか」植木が首を振って凝りをほぐしながら答える。

ええ、と明日香が答えて席を立つと、デスクの全員も腰を上げた。

あちこちからの報告の声が重なって響く講堂を、〝ひな壇〟へと歩き出そうとして、明日香はふと思い出して、振り返った。

「捜査支援分析センターからの回答は？」

捜査支援分析センターは、以前は刑事部総務課内にあった犯罪捜査支援室を、発展させた機関だ。現在では刑事部だけでなく、あらゆる所属の捜査を専門知識で助けるのを任務とする。

明日香が分析センターに支援依頼を要請したのは、犯罪情報分析、――いわゆる犯罪者プロファイリングだった。

プロファイリングとはいっても、米国ＦＢＩ方式のような手作業ではなく、コンピュータを用いた情報分析支援システム、通称〝ＣＩＳ《シス》－ＣＡＴＳ《キャッツ》〟が用いられる。いわゆるリヴァプール方式と呼ばれる手法を発展させたものだ。

「情報を分析した上で、数日中に回答すると言ってきましたが」

明日香は犯行の残虐さから、異常犯罪も視野に入れていた。

――〝確かに、……コンピュータの犯罪情報分析の方が、人間の経験や勘に頼った犯人像推定よりも、優れてるところは多いです。でも……〟

明日香の脳裏に、特別心理捜査官である吉村爽子の声が蘇った。

――〝……でも、コンピュータはこれまでにあったことには強くても、これまでなかった犯行を分析するのは……難しいと思うんです〟

あの子は、そういえばそんなことを言っていたような気がする。

「……そう」明日香は答えた。「解りました」

そのまま歩き出した明日香を先頭に、幹部達がひな壇に並び始めると、講堂を満たしていた騒がしさは、潮が引くように消えていった。

明日香は席につくと、全捜査員に告げた。

「では、捜査会議を始めます」

第三章「招集」

「あれ、どうかしたんですか？　主任」

吉村爽子は、声をかけられて、自分がカロリーメイトを左手で口に運んだまま動きを止めていたことに気づいた。

目の前の事務机のうえに広げられた新聞の記事に、意識を集中してしまっていた。

「……いえ、別に」爽子は答えて、固形食の小さなブロックを口に押し込む。

多摩中央署、刑事組織犯罪対策課だった。昼休みも終わりかけ、係ごとに机が集められている大部屋には、人影はまばらだった。

爽子は無味乾燥な答えを返したものの、円らな印象的な眼を紙面に落とし続けた。

「なにか気になる記事でも……。って、ああ」

声をかけた支倉由衣《はせくらゆい》が机に片手をついて、爽子の目の前の紙面を覗き込むと、納得したように言った。

「田園調布管内の事件ですね。あの……酷《ひど》い」

「ええ」

爽子は、どことなく稚気《ちき》を感じさせる顔を上げた。後ろで結ばれた長い髪が、若駒の尻尾《しっぽ》のように揺れる。

実際、爽子は二十七歳だったが、童顔のせいで、十代の終わりか二十代のはじめにしか見えない。おまけに小柄なので、多摩中央署に配属したてに臨場した際は、規制線を守る制服警察官に不審がられることさえあった。ここに転属する前の、本部捜査一課にいた頃は襟の〝赤バッジ〟のおかげで、誰何《すいか》されることはなかったのだが。

「やっぱり気になります？　心理捜査官としては」

　そうからかい気味に続けた支倉由衣は、爽子と同じ強行犯係の二十六歳。こちらは年相応に活発そうな顔立ちの、元気娘だった。

「まあ……、それだけではないんだけど……」爽子は新聞を畳みながら答える。

　現職の警察官が首を切断されて惨殺されたうえに、死体は深夜の公園のベンチに座らせられていたという、猟奇的な状況。しかも頭部は膝に抱えさせられていた。これだけそろえば、特別心理捜査官の爽子でなくとも同じ警視庁警察官なら、憤りとともに気にならないはずがなかった。

　けれど爽子には、それ以上に気にかかっていることがあった。

　――柳原係長が、この事件を担当してる……。

　捜査は順調だろうか。心理捜査官の爽子にしても、今回の犯行のような態様は、記憶になかった。

　でも……、と爽子は思い返した。実際には臨場して自分の眼で確かめてからでなくては正確な分析――、犯罪者プロファイリングはできない。けれど新聞報道を読む限りでは、被害者と犯人の間には関わりがありそうだった。

――マル害の敷鑑《しきかん》を洗ってゆけば、ホシが浮かぶ可能性は高いはず……。

爽子は、柳原係長ならそれを見逃さないだろう、と思った。

「……大丈夫よね」爽子は呟いた。

「何がですか？」支倉が不思議そうに聞いた。

「なんでもない」

爽子は横を向いて支倉を見上げ、微笑んだ。

「――少しはやいけど、午後の取り調べをはじめましょうか。留置場から、マル被を出してきてくれる？」

「はい」支倉は元気よく答え、大部屋を横切っていった。

爽子は支倉を見送ると微笑を消し、机の上に眼を戻す。

折りたたまれた新聞があった。爽子はふっと息をつくと、新聞を手に、席から立ち上がった。

犯人逮捕は風を捕らえるようなもの、と昔の捜査員は言った。

ならば、私の張った帆のどこに、穴があったのか……。明日香はそう思いながら、口を開いた。

「……では、検討会議を行います」

明日香はデスク席の上座に着いていた。固められた長机の周りには、デスク主任の植木をはじめ、それぞれの捜査事項を担当する、主に特五の主任たちが、顔をそろえている。

デスク席に、捜査本部開設以来、山のように積み上げられてきた簿冊は、壁につけた別の長机の上に立てられ、ずらりと並べられていた。

それは、十日分の報告書だった。

一ヶ月の捜査第一期期間、その三分の一が経過した、その日の夜だった。

大多数の捜査員らは会議を終えると、めぼしい成果のあがらなかった疲れに足を重たくさせながら、ねぐらである上階の道場に引き上げていた。

「まず、マル害……來嶋聖司部長の身辺捜査から」明日香は言った。「岸田主任」

「はい、これまでのところ――」

〝鑑取り〟担当の岸田が、神経質そうに弄《いじ》っていたペンをおいて、口を開く。

「――マル害の身辺からは、当該マル害を殺害するほどの動機を持つ者は、挙がっていません。所属していた西新井署でも、同様です」

「女房はどうだ？」植木が尋ねた。「資産関係は調べたんだろうな」

「やってるよ、もちろん」岸田が、うるさいと言わんばかりの口調で答える。「來嶋清美の犯行当夜のアリバイは確認済みだ。男関係もない。近所に聞き込んだが、夫婦喧嘩も常識の範囲内のものしか出てこねえ」

岸田は続けた。「妻が受取人の生命保険も、警生協《けいせいきょう》のが一口だけ。保険金は三千万円だが、マル害は二年前、綾瀬《あやせ》に新居を購入してる。そのとき警信《けいしん》から借りたローンが四千万だ。一千万も足が出ちまうよ」

「口座に不審な点は？」明日香は尋ねた。

「特におかしな出入金はありません。都内金融機関にも照会しましたが、本人名義の口座もありませんでした」

「そう」明日香はうなずいた。「では、地取りの報告を」

「ここ十日、地取り及び動態捜査をやらせてますが」原石が疲れた口調で言った。「犯行が深夜でもあり、有力な目撃者《マルもく》には行き当たりません。あそこらは、犯行の時間帯ともなると人通りが途絶えて……、定時通行者もまばらですんで」

「地取りは、さらに徹底して下さい」明日香は原石をまっすぐ見て言った。「それから、巡回の交番勤務員に、住民がなにか話している可能性があります。そういうのが事件解決後に判明することも多いですから、取りこぼしのないように確認すること」

「解りました」原石は、すこし気圧《けお》されたように答えた。

「……では」明日香は顔を向けながら言った。「次、犯罪集団担当、城島主任、よろしく」

犯行の態様、死体の状況から、明日香は外国人犯罪集団の線を、かなり有望だと当初は考えていた。しかし――。

「台湾流氓《マフィア》、中国〝黒社会《ヘイサーホイ》〟の動向を中心に捜査中です。が、めぼしい〝当たり〟はまだ摑《つか》めていないのが現状です」

油気のない灰色の髪をした組織犯罪対策部二課の城島主任が、顔を上げて答えた。

「御存知のとおり、台湾流氓及び中国の〝黒社会〟は、新宿での浄化作戦以降、チャイナタウンに近い池袋に勢力を移してますが、そこの〝ネタもと〟、つまり〝S〟からは、噂一つ入ってきません」

協力者を幅広く獲得し、日常的に情報収集にあたっている組織犯罪対策部の捜査手法は、刑事警察のそれより、むしろ公安警察の〝作業〟に近い。それは、扱うのが公安と同じく組織集団であることと、なにより公安部の外事特捜隊が礎《いしずえ》の一つだからだ。

「アジアンマフィアも組織が入り組んでると聞いてます」明日香は言った。「そういった場合、犯行を実行した組織とは敵対する、別の組織から、なにか噂なり風評なりが出てきてもおかしくないような気がしますけど」

「ええ。そういうものも、いまのところ全く聞こえてこないんです」

明日香は少し唸って、あわせた手の人差し指に、鼻先をつけた。

「……口座に不審な金の動きがなかったとして」明日香は言った。「〝一二三〟への不審な照会は？　ホダくん」

警察官の不正で多いのは情報の漏洩だ。考えたくはないが、もし來嶋巡査部長が外国人犯罪組織と繋がりがあった場合、〝一二三〟つまり各種情報の元締めである中野センターに照会し、指名手配をされていないかなどの情報を入手して、それを提供するかわりに見返りを得ていた可能性も考慮しなくてはならない。

それは同時に、不審な照会が見つかった場合には、來嶋部長が、外国人のものに限らず犯罪組織と関わりがあった証拠ともなるはずだったが――。

僕はヤスダなんですが……、と口の中で呟いてから、保田は答えた。

「情報管理課に問い合わせて取り寄せた照会記録と、來嶋部長の勤務表や日報、報告とを比較したんですけど、……おかしなところは見つからないです。当番日以外に照会はしていませんし、報告書から必要なものだったのが確認できるものばかりです」

「もう一つ」岸田が口を開く。「当該マル害は、自宅購入の際、頭金の足しとして妻の実家から百万円、用立ててもらってます。……悪事で小遣いを稼いでいたと思えませんね」

「……なるほど」明日香はあわせていた手を下ろし、息をつきながら答えた。

犯行と外国人犯罪組織との関わりは、ないとみるべきか。

來嶋の業務歴から、極左の犯行の線はとうに消えている。周辺の〝鑑〟からも、強い動機を持つ者は浮かび上がってこない。

では流しか？　まさか。犯人は、警察官である來嶋を最大限に侮辱するような状態で、曝《さら》したのだ。

身内で行われ、身許を隠すため、あるいは持ち運びやすくするための死体損壊、いわゆるバラバラ殺人とは違い、この犯行には強い怨恨《えんこん》の気配がある。

何らかの來嶋との繫がり、つまり〝鑑〟があるのは間違いないのだ。なぜなら——。

「來嶋部長とマル被の鑑について気になるのは」保田が黒縁眼鏡を押し上げながら言った。「來嶋部長が、殺害された夜に限って退勤後、所持していた携帯電話の電源を切っていたことと、いつも通勤に使っていたＳｕｉｃａを使わずに移動していることです」

「どういうこった？」植木が尋ねる。

「ええ」保田は植木を見た。「携帯電話は発着信があった場合、経由した基地局が通信会社のコンピュータに記録されるんです。どこで電話を受けたのかが」

「つまり」明日香は言った。「來嶋巡査部長は、犯行当夜の足どりを隠したかった、ということ。Ｓｕｉｃａを使わなかったのも同じ理由ね、あれも鉄道会社に記録が残るから」

足どりを隠してまで会う必要がある相手。鑑がある人物に他ならない。

「記録と言えば」明日香は言った。「監視カメラの分析は」

「西新井署から最寄りの西新井駅、そこから新宿駅をでるまでは確認できました」植木が言った。「あとの足はさっぱり……」

「分析する人数を増やして、映像を検索する範囲も広げましょう」明日香は植木に言った。「マル害とともにいる人物が見つかるかもしれない」

「……わかりやした」植木がぼそりと答えた。

とはいっても、命じた明日香自身、監視カメラの映像分析に膨大な時間がかかることは、よく解っていた。なにより、間に合わなくなることを。

明日香は思い至って眼を閉じると、うつむいた。

——四日後には、大貫らがここに派遣される……。

いま現在は確かに手持ちのカードが乏しい。それは明日香も自分に認めた。けれどだからといって、大貫らに乗り込まれたら、帳場をかき回された挙げ句、捜査そのものが瓦解《がかい》してしまうのではないか……。

明日香は背筋に、冷たい筋張った指先で撫《な》であげられたような悪寒が奔《はし》った。

——そんなことはさせない……！

「姐さん？」

明日香が決意して顔をあげ、眼を見開くのと、植木が声をかけてきたのは、ほぼ同時だった。デスク席に着いた全員が、驚いた表情で自分を見ている。……自分では気づかなかったけれど、明日香の顔は、切れ長の眼の瞳を黒曜石の鋭さで光らせながらも、薄い笑みを凍りつかせた能面だった。

無能の誹《そし》りを恐れているわけじゃない、と明日香は思った。無残に殺された來嶋聖司巡査部長と残された清美と五歳の子どものため、そして、自分自身が後悔しないためだ。

――副捜査主任官の仕事は、決断すること。それも、皆を導く正しい判断のうえに。

手詰まりのいま、明日香の脳裏に浮かんだ次なる最善の一手は、ただひとつだった。

「……鷹野管理官と協議の上――」明日香は口を開いた。「捜査項目を追加します」

「話は解った」鷹野は、明日香の話を聞き終えると答えた。「しかし、支援センターに依頼した分析はどうなった?」

検討会議翌日の、田園調布署。朝の捜査会議を終え、捜査員らの出払った講堂の窓際で、明日香と鷹野は並んで立っていた。

「ええ」明日香は答えて、手にしていた薄いファイルを差し出す。「これです」

どれどれ、と受け取って捲りはじめた鷹野に、明日香は説明した。

「捜査支援分析センターの分析では……、〝本件被害者は二十歳代以上の男性であり、被害者要因及び犯行状況要因から、金品目的か否かを推定可能であるが、所持品のうち貴重品が持ち去られた形跡はないため、金品略取が目的の可能性は低い。同様に、性器への損壊がされていない点からみて、性的殺人の可能性も同様である〟……」

明日香はそらんじた内容を、ファイルに眼を落とした鷹野に続けた。

「〝むしろ犯行状況要因、とくに遺体切断に着目すれば、頭部と胴体を分けることなく遺棄し、通常考えられる〈運搬容易〉〈証拠隠滅〉とは合致しない。むしろ遺体の状況及び警察手帳の口腔内への挿入からみて、警察への強い敵対心及び犯行を誇示する意図が窺われる〟……」

明日香は一息つくと、うつむいた鷹野の顔を見詰めながら、さらに続けた。

「……〝よって分析の結論としては、犯人は複数、より具体的にいえば犯罪性のある利益を共有する集団と推認され、本件被害者と利害が対立した結果の犯行である可能性が思料される〟……」

鷹野は、ぱたりとファイルを閉じると、明日香を見た。

「で？　ヤナさんはこれでは納得できない、か」

「ええ。私たちはマル害の身辺捜査を徹底しましたけど、來嶋部長がなんらかの犯罪集団と関わっていたとは思えないというのが、現場の感触です」

「そうか」鷹野は唸った。「しかしな、だからといって、ヤナさんの提案どおりに事を運ぶのは難しいな」

言葉だけ聞けば消極的なもの言いだが、明日香には目の前の上司が、自分の提案をどうやれば実現できるか、脳をフル回転させているのが解っていた。

「本件被疑者と被害者には、鑑があるのは間違いありません」明日香は粘り強く言った。「ただそれが、濃鑑なのか薄鑑なのかも、現時点では判然としていないんです。遺体を辱《はずかし》め、警察を愚弄するほどの強い恨みを感じさせる犯行にもかかわらず……です」

鑑——警察でいう繋がり、この場合は人間関係だが、來嶋へそれほどの怨恨を抱いているのなら、鑑取り捜査で浮かび上がっているはずだった。

それが、見当たらないのだ。

「新しい視点が必要です」明日香は結論づけるように言った。「必ず、なにかを見付けてくれると思います」

「だろうな」鷹野は認めた。「ほかに手がなさそうだ」

「そうおっしゃっていただけると、信じていました」

明日香は、ほっと表情を和ませたが、反対に、鷹野は惚《とほ》けた表情を険《けわ》しくした。

「だがな、柳原」鷹野は明日香を見詰めた。「こいつは賭《かけ》だ。もし駄目だったら……、応援の大貫の下について捜査に当たれ。いいな」

屈辱がその罰だとでも言うような、容赦《ようしゃ》のない鷹野の言葉だった。

「もちろんです」

明日香は鷹野の眼光に、口許だけの微笑で応じた。

「では、課長への稟議《りんぎ》をお願いします」明日香は頭を下げた。

「しかしヤナさん」鷹野は惚けた表情に戻って、顔を上げた明日香に言った。「あんた、俺に面倒なことばかり押しつけるよな」

「……狐に化かされたと思って――」明日香は唇を桜色にちいさく輝かせて、囁いた。「――我慢してくださいな」

鷹野はさすがに、やれやれ、とばかりに苦笑した。

「私、言えた立場じゃないのは解ってるんですけど」冴子が冷ややかな声で言った。「先輩が管理官に提案したこと、やめといた方がいいんじゃないですか」

「あら、どうして？」

明日香は、手にしていたプラスチックカップのストローから唇をはなして、聞き返す。

二人は、庁舎の屋上で、鉄製の手すりにもたれて立っていた。

眼下の中原《なかはら》街道からはひっきりなしに行き交う自動車の騒音が響いてくるとは

いえ、初夏を思わせる空の下は、気持ちがよかった。

明日香は冴子の、評判のいいベーカリーからサンドを買ってきたので屋上で、という提案に乗って、女同士のランチを済ませたばかりだった。

外を足を棒にして歩き回る捜査員は、過酷な分だけ、昼食だけは恵まれている、と明日香は思う。組んだ相勤《あいきん》と食事の好みの相性はあるものの、選択することはできるから。けれどデスク席担当となると、選択肢そのものが狭い。

それを同情してくれたのかと思ったのだけれど……、と明日香は訝《いぶか》りながら、仏頂面で遠くを見ている冴子の横顔をちらりと窺った。

「どうしてそう思うの？」明日香はストローをくわえた。

「私、知ってますから」冴子は前を向いたまま答えた。

明日香は、口もとからカップをおろすと顔を向け、冴子の顔を覗き込んだ。

冴子の、栗色に染めたショートの髪が揺れる横顔をみているうちに、隣に立っている公安捜査員が、二十七歳だったことを思い出す。

「……ああ、それで」明日香は思い至って、微笑んだ。

「そうなんです」冴子は、なにか恥ずかしいことを告げたように答えた。

二人の間に、街道から響く自動車の音だけが漂った。

「――あれは、捜査に必要とおもったから、下した判断なの」

明日香は眼を景色に投じたまま、口を開いた。「せっかくの意見だけど」

「それでも……！」冴子は手すりから離れて、向き直った。

「日高さん」明日香も冴子に身体ごと向けた。「あなた自身はどうなの？」

冴子は口を閉じた。

「公安の〝お客さん〟の犯行でないのは、もう解ってるはずよね？　にもかかわらず、あなたは何故、帳場に居続けているの？」

明日香は目を逸らした冴子に続けた。「やはり私を視察対象《モニター》に――」

「なにも言えません」冴子は可愛らしい顔を背けたまま言った。「お解りのはずです」

「――ええ、そうね」明日香は、一瞬の激情に駆られた自分を恥じて、ふっと息をついた。「愚問だったわ」

「それに」冴子は猫が獲物に向ける眼差《まなざ》しで続けた。「私に、なにより任務を大切にするよう教えてくれたのは、先輩です」

「そうだったわね」明日香は苦笑した。「……私としたことが、刑事の水に馴染《なじ》みすぎたのかしらね？」

「そんなこと……」冴子はようやくささやかに笑った。「いまでも素敵です」

「ありがと」明日香は笑った。「お世辞と解ってても、お尻の辺りがぞくぞくしちゃうじゃない」

明日香と冴子は、ランチの後始末をまとめた紙袋を手に、屋上から講堂へとおりた。

「丁度良かった！　姐さん」植木が受話器片手に、デスク席から声を上げた。「鷹野の旦那からです！」

明日香は靴が鳴るほどの早足で、デスク席の植木から、警察電話の受話器を受け取った。

「お疲れ様です、柳原です」

警察電話はその名の通り警察専用の回線だが、受話器から聞こえてくる鷹野の声は、妙にぼそぼそしていて、まるで女房に帰宅が遅れる亭主の言い訳するような声だった。

「はい……、はい？　……はい。ええ」

そんな鷹野の声だったが、明日香は聞き続けるうちに、我知らず笑みがこぼれてくるのがわかった。

「了解、――では、本当にありがとうございました」

明日香は受話器を植木に返した。それから背を伸ばして両手を腰に当て、こちらを注目していたデスク席全員を見渡す。

「課長の許可がおりたそうよ」明日香は微笑んだ。

植木たちは、へえ、と感心したような顔をしたが、冴子だけはベーカリーの紙袋を手にしたまま、露骨に顔をしかめた。

捜査一課は、多摩中央署から、特別心理捜査官の資格を持つ吉村爽子を招集することを、特例として許可したのだった。

「あの……、こちらに柳原係長はいらっしゃいます……？」

「いるが、あんたはどちらさんだ」

「はい、私――」

講堂の入り口から、若い女と植木の問答が聞こえて、明日香はデスク席で地取り報告書から顔を上げた。

開けられたドアの脇に植木が簿冊を抱えて立っていて、廊下に小柄な若い女性の姿が見えた。

若い女は、吉村爽子だった。着替えの詰まったスポーツバッグを、身体から下げている。

「吉村さん……！」

明日香は言って席から立ち上がりかけたが、ふと思いついて、長机に積んだ簿冊の上から小さなプラスチックの箱をとり、ポケットに入れた。それから立ち上がると、講堂の中を、ずらりと並んだ無人の長机の前を横切って、歩み寄った。

「……よく来てくれたわね」明日香は、爽子の前までゆくと感謝を込めて言った。

「――はい」爽子は、大きな眼を伏し目がちにして、小さく答えた。

「ああ、あんたが……」植木がうなずいた。

「さ、こっちへ」

明日香は振り返り、爽子をデスク席へ伴おうとした。が、爽子は講堂のドアの外に立ったまま動かなかった。見えない結界が、目の前にあるかのように。

「どうしたの？」明日香は、中途半端な身体の向きのまま、爽子に声をかけた。

爽子は、俯《うつむ》いたまま、たすき掛けにしたスポーツバッグのストラップを片手でぎゅっと握りしめ、立ち尽くしている。

明日香は、そんな爽子を見詰めながら、怪訝《けげん》に思った。

ここに呼ばれた理由は、爽子にも見当がついているはずだ。そして、上司から命令された警察官の返答に、否、というのは存在しない。それは、爽子も女性警察官である以上、骨身に叩き込まれているはずだった。にもかかわらず――。

なにか、わだかまりがあるってことか……。明日香は、家出したものの結局は帰らざるを得なかった少女が、玄関の敷居を跨《また》ぐのを躊躇《ためら》っているような爽子の様子に、そう感じた。

「……ついてきて」明日香は、そばで窺っていた植木に目顔で合図してから、爽子に告げた。「荷物はその辺に置いて」

「無理言ってわるかったわね」

明日香は爽子の先に立って階段を上りながら言った。

「同僚の人たちから、文句の一つもあがったでしょう？」

「――いえ」爽子は答えた。「特には」

爽子は口にしなかったが、爽子のいる多摩中央署強行犯係では、ちょっとした騒動になった。

「なんで第二方面のヤマに、うちが〝指定捜査員〟を出さなきゃなんねえんだよ！　あっちは特捜だからってよ、ここの事案が減るわけじゃねえだろう！」

多摩中央署の刑事部屋で、爽子の同僚である主任の伊原《いはら》が喚《わめ》いたものだ。

もっとも――、爽子が告げなくても、明日香にもそれくらいの署内事情は当然、察しがついている。どこの署でも、人員のやりくりは厳しい。だから明日香は、そう、と答えただけで後は黙って階段を上り、やはり無言の爽子もそれに続いた。

階段が尽きると、明日香は踊り場のドアを開けた。

そこは、明日香が先ほどまでいた、庁舎の屋上だった。

そして明日香は冴子としていたのと同じように、今度は爽子と手すりへ寄りかかった。

「はい、飲む?」明日香は来る途中に自動販売機で買った缶コーヒーを差し出した。

明日香は、爽子が口の中で礼を言って受け取ると、さっさと自分の缶のプルタブを引いて一口飲んだ。

そして、待った。

「――係長は」爽子は缶コーヒーを受け取った姿勢のまま、ぽつりと言った。「私なんかを、どうして呼んだんですか」

「それが最良の選択だと信じたから」明日香はすこし素っ気なく答えた。

「でも……私は……、まえの事件で、失敗しました……！」爽子の声は震えていた。「心理捜査官、失格です……！　それに、……係長には、お詫びできないほど――」

「そうね」明日香は水平な声で肯定した。

「……」爽子は、手すりに額がつくほどうなだれた。

「あなたの間違いは」明日香は顔を前に戻して続けた。「捜査中にもかかわらず、刑事ではなく警察官でもなく……、ただの女になってしまったことよ。――それは、あなたの罪」

けれど、と明日香は言った。「吉村さんは、心理捜査官としては、正しかった。それに私の知る限り、捜査指揮にも問題はあったもの」

「いいえ、いいえ……！」爽子が顔を隠したまま首を振ると、後ろで結んだ髪が揺れた。「悪いのは、犯人像推定に説得力を持たせられなかった、私なんです……！」

「それでも私は、吉村さんを信じる」明日香は寄りかかっていた手すりから身を離して、爽子を正面に見た。「そうやって自信をなくしたり、迷ったりしても、最良の答えを求め続ける、吉村さんを」

爽子はようやく顔を上げ、薄く涙を浮かべた円らな眼で、明日香を見上げた。

「いい？」明日香は爽子の肩に手をおくと、覗き込むようにして微笑んだ。

「何度でもいうけどあなたは、心理捜査官としては、正しかった。それに――あなたが罪に感じる痛みは、私にも解るから」

そうだ、私もまたその罪ゆえに公安を放逐されたのだ、と明日香は思った。

「自信を持って欲しい、とは言わないわ」明日香は言った。「自信を持ちなさい」

「はい」爽子も薄い涙を指先でぬぐって、ようやく微笑んだ。「――私なんかでも、お役に立てるんなら」

「もちろん」

明日香がうなずいて、ハンカチを取り出そうとした時、ジャケットのポケットに忍ばせていた、小さな箱を思い出した。

「じゃあ、これを」明日香はハンカチとともに、その小さな箱をポケットから出して、差し出した。

「おかえりなさい」明日香はそれだけ告げて微笑むと、受け取った小さな箱に眼を落とした爽子の肩先を抜けて、歩き出した。

明日香は屋上の出入り口へと向かいながら、背中で、爽子が手の平の小箱に見入っている気配を感じ取る。

爽子の手に載せられていたのは、刷り上がったばかりの「田園調布警察署　捜査一課特別捜査本部員　巡査部長　吉村爽子」と記された名刺だった。

「ありがとう……ございます」

明日香の耳に、後ろで爽子がぽつりというのが聞こえた。

第四章　「犯人像推定」

「……ここなんですね」爽子が立ち止まって言った。

「ええ」明日香は答えて、辺りを見回した。

犯行現場の、区立宝来公園だった。

いつもなら、学校を終えて遊びに来た子供たちの歓声があがっていても、おかしくない時間帯だった。にもかかわらず、人影ひとつなく、ひっそりとしている。西日のなか、遊具の動かない影だけが延びている。

周辺の住宅地には、事件発生当初、あれだけうろついていた報道関係者は影も形もなかった。住民の生活はそれなりに落ち着きはじめているように感じられたが、いまだにここだけは、日常を取り戻せていないようだ、と明日香は思った。

「で？　何が解るっていうわけ？」冴子の皮肉まじりの声が、背後から聞こえた。

明日香が振り返ると、腕を組んだ冴子が気のない様子を露骨にあらわして、周りを見ていた。

そんなに気が合わないと解っているなら、無理についてくる必要はないのに、と明日香は思った。だが、現場を自分の眼で確認したいと希望した爽子とともに、出掛けようとしたとき、公用車の運転を買って出たのは冴子だった。

「だって先輩はお疲れでしょうし」冴子は理由を聞かれて答えたものだ。「それに、お偉い心理捜査官さま自らに運転させるなんて、とんでもないですわ」

もっとも、気が合わないのは爽子も同様らしかった。屋上から降りたあと、デスク席の面々と引き合わせたとき、冴子を眼にした途端、爽子がぴくりと眉をひそめたのを、明日香は見逃さなかった。あまり感情を表に出したがらない爽子には、珍しい反応だった。けれど、それは一刹那で、またいつもの透明な表情に戻ったのだが。

その爽子が、歩きながら尋ねてきた。「マル害の死因は……？」

「索状物による絞殺」明日香も歩きながら答えた。「多分、ロープのたぐいね」

遊具の影を踏みながら、三人は公園を奥へと向かう。

「ほかに、傷は……」

「抵抗した際に、自分で喉を引っ搔いた〝吉川線《よしかわせん》〟を別にすれば、検案書にはなかったけど」

「そうですか」爽子は足下に眼を落として、答えた。

歩くうちに小さな池にゆきあたり、そのほとりを回ると、水銀灯の脇にある、死体の座らされていたベンチへと行き着いた。

ここよ、と明日香が告げ、三人はベンチを囲むようにして足を止めた。

爽子はパンツスーツの膝を折ってしゃがみ込むと、そっと手で座面を撫でた。

「なんか感じるの？」冴子がからかうように声をかけた。「残留思念でも」

爽子は嘲《あざけ》りに応えず立ち上がり、振り返った。

「な、なによ？」冴子が向き直った爽子に身構える。

爽子は冴子を無視して、そのまま、すとんとベンチに腰を下ろした。

「なにを視《み》ていたのか……、なにが視せたかったのか……」爽子は大きな眼を半眼にして、ベンチの上で呟いた。「マル被は……、マル害に……、それから私たちに……」

明日香はふと、目の前のベンチに座っているはずなのに、爽子の気配が遠のいてゆくように感じた。もちろん錯覚だが、目の前の心理捜査官が没我の状態に近くなった証拠だった。

「――ベンチの位置関係は、動かされてないんですよね」

不意に爽子は生気を取り戻すと、顔を動かして見上げてきた。まるで塑像《そぞう》が急に動き出すのを目の当《ま》たりにしたように、明日香はすこし虚を突かれながら口を開く。

「……ええ、動かされてない。犯行当夜のまま」

「そうですか」爽子はさらに細いおとがいを上げ、明日香の頭越しに、眼を投じた。

明日香も半身を向けて爽子の視線をたどると、公園内の、鬱蒼とした新緑に覆われた丘が、こんもりと空に盛り上がっている。

「発見時、遺体の着衣の状態は……」爽子は明日香に眼を戻して尋ねた。

「異常はなかった。いえ――」明日香は言った。「――むしろ犯行の状況からすれば、きちんとしすぎてたわね。それも不審に感じたところなんだけど……」

「はい」爽子は立ち上がると、うなずいた。「死体には、犯人の意図やメッセージが一番現れます」

「で？　その死体に何を見せたかったたって？」冴子が口を挟んだ。「もう死んでるのに、できるわけないでしょ。そんな突拍子もない――」

「例えば」爽子は冴子の言葉を断ちきるように、明日香に言った。「ある男が、母親にかけた保険金ほしさに、飛行機を一機、爆破したといえば、信じられます？」

明日香が答える前に、冴子が爽子のほうに顔を突き出して言った。

「はあ？　あんた本気で言ってんの、そんな馬鹿な話、今どきどんな三流小説家でも――」

「あったんです、実際に」爽子は明日香への丁寧な口調のまま、顔だけを冴子に向けて続けた。「一九五五年、米国で。母親以外の、四三人が巻き添えになりました」

冴子が可愛らしい顔をしかめて、口を閉じた。

「犯罪は、犯人の奇妙な信念の歴史ですから」爽子は静かに言った。

「そうね」

明日香は言って、勝負あり、という風に爽子にうなずき、冴子には微笑んでから、続けた。

「それで、なにか解った？」

「はい」爽子は微笑んだ。「すこしだけ、ですけど」

「そう。じゃあここは？　もういいのかしら？」

「ええ」爽子は微笑んだままうなずいた。

「じゃ、帳場へ帰りましょうか」

明日香は爽子と冴子とともに、公園を後にした。

「……私も報道で知ったときには、外国人犯罪組織を疑いました」

明日香は、爽子が口を開いたのを、組んだ両手を口許にあてて見詰めていた。

夜更けの講堂だった。捜査員らは道場へ引き上げていたが、植木はもちろん、岸田や保田、特殊犯五係の全員が顔をそろえ、爽子に注目していた。

明日香は夕方、冴子の運転で爽子と田園調布署に戻るとすぐに、現場検証や死体検案書などの検討を、爽子と進めた。そして、一日の捜査を終えて特五の全員が帰署すると、爽子を紹介したのだった。爽子が以前に旧特四に配属されていたと知ると、皆、素っ気ないながらもそれなりの親愛の情をみせて、爽子を迎えたのだった。

まあ、親愛の情以上の感情を持ったのもいたようだけど……。明日香は立って説明する爽子を見ながら、ちらりと保田の横顔を窺う。つい先ほど顔を合わせた途端、ぼんやり爽子にみとれた保田の抜けた表情を思い出すと、可笑《おか》しかった。

が、それはさておき——。

「しかし、分析の結果は――」

爽子の説明は続いていた。

「性的な動機の殺人と考えられます」

思いもしなかった心理捜査官の報告に、特五の捜査員たちはある者は眉を寄せ、ある者は本当か、という顔で隣の者と顔を見合わせる。

性的な動機の殺人だと……？　それならまだ、犯罪組織の犯行という線の方が、説得力があるのではないか……？

「おい、マル害は男だぞ？」

植木が一同の疑問を代弁する声をあげた。

「まあ待てよ」

岸田は植木を押さえると、爽子に言った。

「話には聞いてるが、俺はプロファイリングってのが、よく解らん。最初から――、そうだな、性犯がらみとする根拠から教えてくれや。だけどな、死体検案書には、それらしい痕跡のあった記載はなかったがな」

明日香には、岸田の一見とりなしたような発言が、実は形を借りたテストだと気づいた。

「はい、おっしゃる通りマル害は男性です。それに、性的な動機といっても、マル害が性的暴行を受けたという意味ではないんです」

爽子は微かにうなずいた。

「女性の被害者で、証拠の隠滅や運ぶのを容易にする目的以外に、犯人が死体を切断する場合は、快楽殺人の可能性が高いです。そうすることによって、犯人は長い間……幼少から心にはぐくんできた〝ファンタジー〟を実現させ、満足するためです」

爽子は続けた。「ですから、遺体は犯人にとっては、意思の表現であり、犯行にどのような感情を抱いているのかを示しています。一例を挙げると遺体の性器への異物挿入や傷口への性行為――リグレッシブ・ネクロフィリア、いわゆる〝退行的《たいこうてき》屍姦《しかん》〟。あるいは顔貌《がんぼう》をなんらかの方法で隠蔽するデパーソナリゼーション、〝非個性化〟などです。性的な姿勢をとらされていることもあります。これらはいずれも、犯人のサディズム傾向や被害者への敵対的感情の表れです」

「どれも当てはまってねえように聞こえるんだが」植木が口を挟んだ。「生首を抱かせてたのはともかく、ホトケさんは、まっとうなくらい着衣はちゃんとしてたぞ」

「私が注目したのも、そこです」

爽子は薄く微笑んだ。「私も最初、着衣に乱れがなく、それどころか犯人の手で整えられた上で遺棄されたと知ったとき、いわゆる〝打ち消し〟の行為かと思いました。これは皆さんも御存知の通り、親しい間柄で発生した事件で、何らかの形で遺体を保護しようとした形跡のことです。――しかしその程度の〝打ち消し〟では、犯人の首を切断して膝においた行為と釣り合いません」

「ではなんで、マル被はそんな手間をかけた？」岸田が言った。「現場から即刻たち去りたいはずだろうに」

「犯人はそれでも、無意識に伝えたかったのかも知れません」爽子は静かに言った。「必要以上に、被害者を辱《はずかし》めるつもりも傷つけるつもりもない、ということを。それによって心理的な合理化……つまり犯行を正当化しようとしたのではないでしょうか」

「しかしあんた」岸田が苛だたしそうに、手にしたボールペンの先で机を叩いた。「あの切断された首はみただろう？　充分すぎるほどの惨《むご》さだよ」

「それにな」植木も口もとを歪めていった。「あの咥えさせられた警察手帳はどうなんだよ、おい？　ありゃあ、警察官の誇りを踏みにじる行為だろ」

「私もそう思います」

爽子は静かに、そして何故《なぜ》か痛ましそうに睫毛を伏せて答えた。

「ですから、犯人にとって被害者の頭部を切断した理由はサディズムではなく、やむにやまれず、そうせざるを得なかったのではないかと思います」

「……どんな理由だ」植木がぼそりと吐いた。

「それにはまず、世間からみた警察官を想像してみて下さい」

爽子は、植木からデスク席につく全員へ向けて言った。

「警察官は武器を所持し様々な強制力を持つ……いわば公権力の象徴です。つまり、一般社会からみれば、怖い存在なのです。そして犯人は、自分自身が弱いからこそ、來嶋部長を殺してからも恐怖を感じ続けたとしたら……」

「警察官は不死身の吸血鬼じゃねえ」岸田が言った。「胸に杭を打ち込むかわりに、首を切ったってのか」

「そのとおりです」爽子は真顔でうなずいた。「人間は、迷信深い生き物です。殺しても肉体に魂が残っていて、自分を見ているのではないかと感じ、蘇るのではないかと恐怖する……。その妄想ゆえに、犯人は來嶋部長の死体を絶対に生き返らない状態にする必要があった。だからこそそのオーバーキル、つまり〝過剰攻撃〟です」

そして、と爽子は続ける。「口に挟まれていた警察手帳ですが……、これは、同じく警察官である私たちへの、メッセージではないでしょうか。警察官を無差別に狙ったのではなく、來嶋部長という警察官個人を狙ったのだ、と」

來嶋巡査部長が殺されたのは、元公安だからでも、犯罪組織に関係したからでもなかった——。

明日香は、自分たちが十日にわたって積み上げ、検証してきた事柄が爽子によって否定されてゆくのを聞いていると、大きな徒労感《とろうかん》に息をつかざるを得ない反面、なぜか胸にのし掛かっていた重みも軽くなるという、不思議な感覚を味わっていた。

捜査はともかく、と明日香は思った。——爽子を呼ぶという決断だけは、間違っていなかったわね……。

「遺体の状況については合点がいった」植木が茶をすすってから言った。「だが、なんで遺棄現場があそこなんだ」

明日香の提案でお茶が配られ、会議は一息いれたところだった。

可笑しかったのは、こういう場面で、保田が気配りを見せて立ち働くのはいつものことなのだが、今回はいつにもまして機敏に動き、とくに爽子には、五係には二人しかいない巡査を押しのけるようにして、お茶を出していたことだ。

まあ、下心がみえみえなのは、どうかと思うんだけど……。明日香は思った。

が、それはともかく、椅子に腰を下ろしていた爽子は、膝の上の、保田の手渡した茶碗から眼を上げた。

「やっぱり、來嶋が十年前にここに配属されていたのに関係するのか」植木が付け足した。

「私はそう思います」爽子は言った。「では、どうしてあの公園だったのか……」

爽子の説明が再開されると、パイプ椅子のうえで、それぞれ楽な姿勢をとっていた捜査員が、座り直した。

「快楽殺人の場合は、最終的な遺棄地点にはいくつか意味はあります。そのなかで、今回のような〝ファンタジー〟に根ざしたわけではない犯人にも、通じていそうな理由はあります。それは、遺棄場所が他者との関係と感情を象徴する、という点です」

「そりゃあれか……」岸田が考えながら言った。「あの公園がホシの動機に関わってる、ってわけか?」

「はい」爽子は、すこし憂鬱そうに答えた。

「しかしだな」と植木。「公園で何があったっていうんだ？　配属されていたとはいえ交番勤務員だった來嶋が、十年後に殺されるほどの何があったっていうんだ？　周辺捜査じゃ塵《ちり》一つでやしなかったってのによ」

鑑捜査に携わった捜査員らが、そのとおり、と無言でうなずく。

爽子はうつむき、膝のうえで手の中の茶碗をゆっくり回しながら、口を開いた。

「來嶋巡査部長は、殺された夜、足がつかないように携帯電話もＳｕｉｃａも使わなかったそうですね」

「ああ」植木が答えた。「人目を憚《はばか》る相手だったんだろうよ。だからこそ、俺らも悪党との付き合いを疑ったわけだが……」

「來嶋部長にとって絶対にひとに知られるわけにはいかず、犯人自身も隠さざるをえなかった出来事――いえ事件が、十年前、あの公園で起こったんじゃないでしょうか」

爽子の言葉に、デスク席を囲む全員が、動きを止めた。

「……犯人が、殺害してからなおも來嶋部長に見せ続けようとした、あの丘で」

明日香は、ちいさく息をついていた。考えたくもなかった、と。

――収賄《しゅうわい》警察官だったほうが、まだましだったかも知れないわね……。

「おい、まさか……」植木が呟いた。

「あんたが最初に言った意味が――」岸田が目頭を揉みながら、呻《うめ》いた。「――ようやく解ったよ」

「でも、どうしていまなんですか」保田が身を乗り出し、誰にともなく尋ねた。

「十年も経ってからですよ」

「思い出して欲しいんだけど」明日香は口を開いた。「來嶋巡査部長は、一年前にテレビの密着番組の取材を受けてる」

保田だけでなく、植木や岸田の顔にも、驚きの表情が散った。

「……優秀な、街のお巡りさんとしてね」明日香はあえて無味乾燥に言った。

「それを偶然みて、犯人は犯行を決意したのかもしれない。……許せない、とね。所属もわかってるんだから、周囲に気づかれずに、直接、連絡もとれたはずね」

特五係みなの口から、重い息が漏れた。

「いくら調べてもなにも出てこねえはずだ……！」岸田が忌々《いまいま》しげに吐き捨てた。

「糞だっ……！」植木も呻いた。「みんな糞だ！」

急に疲労の滲《にじ》んだ顔になって、捜査員らは顔を見合わせ、囁きあう。

爽子も、何か自分が悪いことをしたように肩をすぼめる。

明日香だけは、そんななか、背を伸ばし、顔を上げていた。そして、口を開いた。

「――騒ぐな！」

小さいが鋭い叱咤《しった》に、疲れた囁きや気《け》だるげな空気が吹き飛ばされた。

爽子もぴくんと肩を跳ね上げ、明日香の横顔を、もともと大きい眼をさらに見開いて見詰めた。

植木をはじめ、みな驚いた顔で、明日香の顔をまじまじと見詰めていた。

明日香は、自分では意識していなかったけれど、これまでにない形相になっていた。

どこか怜悧《れいり》で白磁でつくった微笑の仮面……、公安部時代から培《つちか》ってきた〝女狐〟の貌《かお》ではなかった。

それは、若く、ホシを追うのに貪欲《どんよく》な刑事の貌だった。

「捜査方針が明確になっただけだ」

明日香は、特五係全員に向けて、不敵に微笑んだ。

「犯人像推定に基づいた捜査事項を追加し、合わせて本部編成表を変更！」

明日香は、十人の部下の顔を一人ひとり、眼に止めながら続けた。

「明日から挽回する、いいわね。勝負は、これからよ」

「……了解！」

精気を取り戻した植木が、一同を代表して答えた。

「何度いっても足りないけど――ありがとう」明日香は言った。

爽子の犯人像推定に従って捜査項目を追加し、その筋に最大限の捜査力を投入する準備に、深夜まで追われた。そのあとようやく、明日香は爽子とともに、寝所である小会議室で簡易ベッドを広げ、横になっているのだった。

「助かったわ」明日香は明かりの落とされた天井を見上げたまま、言った。

「……いいえ」

爽子が、床の上で署員の貸してくれたスリーピングマットの上に寝たまま、答えた。

「それにしても」明日香は暗い天井を見上げたまま言った。「やりきれない事件ね」

明日香は、警察官が聖人君子だなどと、考えたことはない。世の穢《けが》れを専門に扱っていれば、いつの間にか、穢れの移り香くらいは身にまとわり付かせてしまう。そして、それに慣れてしまうと、腐臭が自らの身体から発せられても、気づかなくなってしまうのかも知れない……。

けれどそれらと、十年前、事の発端となった來嶋聖司巡査部長の行為とは、次元が違う。

「――私は」爽子の硬い声が聞こえてきた。「なんとしても被疑者を逮捕してあげたいんです」

「──どういうこと」明日香は、尋ねるでもなく、うながした。

「被疑者は逮捕しなければ、自ら命をたつ可能性もあります」爽子は言った。

「それに、罪を償《つぐな》わせて、もう苦しまなくていいって……、そう言ってあげたいんです」

「──そうね」明日香は狭い簡易ベッドの上で、大きく息を吸った。「私たちの手で、すべてにけりをつけましょう」

明日香と爽子の間に、優しい沈黙が落ちた。

「あの……、係長……？」

明日香の耳を、爽子のおずおずとした声がつついた。

「なあに？」

明日香は、繰り返し押し寄せる眠気の波に、意識をさらわれそうになっていたが、薄目を開いた。

「あの……ええと……、昼間は……その……、みっともない泣き言を並べちゃいましたけど……」

爽子は恥ずかしそうに言った。

「……でも、ここへ来てよかったと思います。呼んでいただいて、ありがとうございます」

明日香はくすりと笑った。

――あれだけ被疑者の精神が読み解けるのに、自分自身に関しては、とても不器用なんだから……。

まあそれが、私がこの子を気にかける理由なのかも知れないけど……、と明日香は思った。悪意はないのに誤解されやすく、それでいて、自分にまっすぐな爽子だから。

「……もう寝ましょう」明日香は囁いた。

明日香は、爽子の、はい、という囁きが耳に滑り込んですぐに、眠りに落ちた。

「……以上の分析により――」

朝の講堂に、明日香の声が響く。

居並んだ特捜本部の全捜査員を前にして、明日香はひな壇に立ち上がっていた。

「――本件被疑者は、女性」

ホシは、女だと……？　長机を埋めた捜査員らは、顔を見合わせて色めき立った。口々に交わされる小声が、微《かす》かなざわめきとなって空気をかき混ぜる。

「おそらく男性の共犯もいると推認される」

明日香は、ざわめきに、総勢百名近い捜査員らの雑多な感情が含まれているのが、肌で感じ取れた。

これまでの捜査方針を変更する当惑と、新しい捜査方針への疑念。さらに、これまで自らが担ってきた捜査が顧《かえり》みられないのではないかという、徒労感《とろうかん》も。

――無理もないことかも知れない……。

明日香はそう思い、苦労を強《し》いた捜査員らに心の中で詫《わ》びながらも、それを表情にあらわさなかった。それは、捜査指揮を執《と》る者として、いま、捜査員から批判を許すような態度をとるわけにはいかなかったからだ。

――私がもしこの場で崩れれば、帳場はばらばらになってしまう。そうすればもっと、捜査員たちを後悔させる目に遭わせてしまう……。

だから明日香は、ことさら冷たく告げた。

「静かに」

「うるせえぞ！」

特五の〝若頭〟も、姐御の苦衷《くちゅう》を察してか、憎まれ役を買って出る怒声をデスク席からあげた。

「文句があるやつぁ、俺様専従の茶坊主にして、ここから一歩だって出歩けねえようにするぞ！」

捜査本部内での担当決定権をもつ植木の声が響いて消えると、同時にざわめきも止《や》んでいた。

「まあ、悪いもんじゃねえよ、仕切り直しも」

岸田も長机の最前列で、手元のボールペンを弄《いじ》りながら、独りごちるように口を開いた。

「これまで成果の上がってねえ組もあんだろ。こっからまた新しい競争となりゃ、条件は皆一緒になるってことだ。そうだろ？」

捜査員――刑事とは、集団ではあっても一人ひとりはやはり職人なのだ。つまり、被疑者逮捕という最終的な目的のために日々汗を流しながら、個人としての功名心も忘れることはない、ということだった。岸田の指摘は、それを思い出させた。

明日香は二人の主任に、目顔でだけでも感謝の念を伝えたい気持ちを抑え、再び手綱を引き絞られた空気のなか、口を開いた。

「捜査項目の新しい担当については、のちほど植木主任から説明があります。私からは捜査上の留意点だけを伝えます」

明日香は、食い入るような目を取り戻した捜査員らに続けた。

「まず土地鑑捜査――、十年前、つまり來嶋巡査部長が当田園調布署に配属されていた期間に、犯行現場一帯で居住歴があるか、あるいは現場付近の学校に通学歴のある、現在二十代半ばから三十代初めの女性を、洗い出すこと。……官公庁の記録、及び学校の卒業者名簿を当たって。当該女性は、いま現在も居住している可能性もある」

　捜査員らの目が、ひな壇の明日香と、メモを取る手元の執務手帳との間を、忙しく行き来する。

「そして、地取り捜査。これには、捜査事項を追加します」

　明日香は、捜査員らが顔を上げるのを待ってから、続けた。

「土地鑑捜査と同じく――、繰り返しますが、十年前に犯行現場一帯に居住歴あるいは通学歴のあった女性、これを最近になって、あるいは犯行前後に、現場付近で見掛けなかったかを、重点的に聞き込んで下さい。なお、当該女性の存在が、住民の口から報道関係者に気づかれないよう、聴取にあたっては特段の留意を願います」

　明日香は、しわぶき一つ漏らす者もいなくなった講堂へ、さらに続けた。

「ビデオ解析も、犯行当夜の來嶋部長の行動範囲と〝地理的接着性〟のある地域に範囲を広げて、さらに監視カメラの映像を集めて下さい。そのうえで、これまでの解析もいま一度見直し、映像内でどんなに離れていても、來嶋部長へ少しでも注意をむけたと感じられる女性は、すべて対象とすること」

明日香は、伝えた事柄が捜査員個々の頭に浸透するだけの間を取ってから、再び口を開いた。

「――以上！」明日香は、嗄《か》れかけた喉から発したにしては、自分の声が毅然《きぜん》としていたのに安堵《あんど》しながら、続けた。

「なにか質問は？」

「あの……係長」捜査員のひとりの手が挙《あ》がった。「すいません、……十年前にここらに住んでた女性とは、いったい……？」

明日香は、無意識に口を結んでいた。――捜査員としては当然の疑問であり、質問だった。けれど、答えたくない質問でもあった。

明日香は、ひな壇に立ってからはじめて、眼を伏せた。捜査員たちは、同じ警視庁警察官である來嶋部長の、弔《とむら》い合戦のつもりで頑張ってきた。その意気に、水を差したくはない。けれど――。

「……來嶋聖司巡査部長は、本件の被害者であると同時に――」

明日香は切れ長の眼を注視している捜査員らに戻して告げた。

「——十年前は、加害者であった可能性がある」

明日香の抽象的な言葉を、捜査員全員が抽象的であるがゆえに、即座に理解した。

まさか……。動揺のさざ波が、講堂を埋めた捜査員らに広がった。

「ほかになければ、私からは以上」明日香は幹部席に腰を下ろしながら、デスク席に向いて言った。「……植木主任、担当の割り振りを」

「よおし、お前ら！」植木が紙片を手にデスク席から立つと、胴間声《どうまごえ》を張り上げる。「お楽しみの発表だ、耳の穴かっぽじって聞け！」

捜査員らの間から、動揺のさざ波は吹き飛ばされたように消え、かわりに宝くじの抽選を見守るのに似た食い入るような視線が、植木に注がれた。

「土地鑑捜査担当、永井主任！——」

明日香は、植木が担当捜査員の組を読み上げ、それに応えて次々とあがる捜査員の返事を聞きながら、小さな息をつく。

士気を保つために捜査員たちには教えなかったが、地取りの再捜査にもっとも期待をかけている。

それは同時に、分析を行い、いまは並んだ長机の最後列にちょこんと腰掛けている吉村爽子への、期待でもあった。

——これも、賭《かけ》ね。

明日香は、鷹野の言葉を思い出し、小さく笑った。

「賭なら、吉とでて欲しいんだけど……」

明日香は独りごちるように、手すりのそばに佇《たたず》んで、景色に目をやったまま口を開いた。

田園調布署の屋上。頭上の空は、初夏の清々《すがすが》しさにふさわしく、ぽっかりと高く晴れている。空調を通さない、潤いのある空気が、頬《ほお》に心地よかった。

「捜査事項に抜けてたところはなかった——?」

そう続けて、明日香は右へ顔を向けた。

「──吉村さん？」

長身の明日香より、頭ひとつ背の低い爽子は、後ろ頭の髪を揺らして顔を上げた。

「はい」爽子は微笑んだ。「ありませんでした」

良かった、と微笑み返した明日香の隣、爽子とは反対側から、声が上がった。

「ふうん、でもさあ」冴子が言った。「もともとの分析が的外れだったら、あんた、どう責任とるの？」

明日香を挟んで、無邪気な口調で放たれた皮肉に、爽子は、表情を消して前を向いた。

「もっともらしかったのは認めてあげてもいいけど、でも──」

「……お金ばかり使うくせに事件は挙げられない〝ハム〟に、言われたくない」

歌うように言い募ろうとした冴子に、爽子は相手を見ようともせずに吐き捨てた。

「はあ？」冴子は怒気も露《あら》わに、手すりから爽子に身体を向けた。「もう一度いってみなさいよ！　え？　いまなんて言った？」

爽子も、手すりから手をはなして向き直った。

かつてないほど、爽子の小さな白い顔が怒りで強張《こわば》り、大きな眼はさらに見開かれ、眉がつり上がっている。執拗な嫌味に、完全に忍耐の緒《お》が切れていた。

「うるせえんじゃっ……！」

爽子の牙をむくように開けられた口から、怒りが、独特の訛《なま》りをもって冴子に吐き飛ばされた。

「先に言うたんはあんたじゃろ？　ええ加減にせられ！」

「なに？　その言い方」

冴子は、はじめて目にする感情を爆発させた爽子に驚いたようだったが、努めて白けた声で言い返した。

「岡山弁をつこうたらおえんの？」

「うわ、田舎くさ……」

冴子は本当に異臭を嗅いだように顔をしかめ、顔を背《そむ》ける。

「そう言えば――」明日香は唐突に口を開いた。

背後で飛び交う応酬を黙って聞いていた明日香だったが、それは、爽子と冴子の大人気ない喧嘩へ介入する間合いを探っていたからだ。とっくみあいの喧嘩をはじめた子犬たちを、そういうことに慣れた母犬がすぐに止めない知恵に似ていた。そしていまが、その頃合いだった。

「――吉村さんのお母様は、そちらの御出身だって言ってたわね」

「……はい」

爽子は目を閉じて深呼吸を繰り返しながら答えた。それから、眼を開けて明日香に向けた時は、いつもの静かな表情に戻っている。

「柳原係長は、警視庁本館が建っているところに、昔はなにがあったか御存知ですか？」

「え？」明日香は突然の爽子の質問に、目を瞬《しばたた》いた。「武家屋敷……、だったと聞いたけど」

「ええ」爽子は明日香にうなずいてから、冴子にじっと強い視線を向けて続けた。

「岡山の、津山《つやま》藩の藩邸跡だそうです」

爽子のいじましい主張に、冴子が、それがどうかしたのかとばかりに言い返そうとした途端、明日香は再び、言葉の楔《くさび》を打ち込む。

「何事にも歴史があるってことね。そう言えば――」明日香はふと思いついて続けた。

「現職の警察官が被害者になったバラバラ事件って、これまでにあったのかしらね？」

「はい、ありました」爽子は、打てば響くように即答した。「一九五二年、荒川《あらかわ》放水路で、巡査の頭部発見が端緒《たんちょ》となった事案です。……遺体処理が手慣れているようにみえたため、柔道や医療関係者の犯行が疑われましたけど、――結局、妻が犯人でした」

「そう。――切断した理由は？」

「多くの同種事案と変わりません」爽子は言った。「証拠隠滅、運搬容易、です」

明日香は思わず、くすりと笑っていた。――私が公安部時代に、極左暴力集団の非公然活動家の顔つき体つき、いわゆる〝面体〟を五百人ほど頭に叩き込んだのと同じように、この子は犯罪のパターンを記憶しているのだろう。

面識率は公安警察官の――、そして過去の事例研究は心理捜査官のイロハのイ、ということか。明日香は面識率に関して、というより、一度目にした風景を静止画のように記憶する技術に関しては、いまでも多少は自信がある。

「係長……？」爽子が怪訝《けげん》そうに横から見上げてきた。「あの……私なにか、おかしなことを……？」

「いえ、さすがに詳しいと思っただけ」

明日香は爽子に微笑んでから、反対側の冴子に、視線を流しながら顔を向けた。

「ね――？　専門家でしょ？」

冴子は、可愛らしさのある顔をぶすりと歪《ゆが》ませて前を向いたまま、答えなかった。

「……犯罪マニアの根暗女《ネクラ》」冴子がぶつぶつ呟くのが聞こえた。「最悪……！」

すると明日香の耳に、反対側からも囁きが聞こえた。

「……目立ちたがりの自惚《うぬぼ》れ屋」爽子も整った表情を変えずに呟いている。「最っ低……！」

諫《いさ》めるべき場面だった。けれど、そうするまえに、明日香の心の笑いを司《つかさど》る部位が刺激された。

明日香は、爽子と冴子の遠慮のない悪態《あくたい》に、ぷっと吹き出した。そうすると、止まらなくなった。

明日香は笑った、声を上げて。何故だか可笑しくておかしくて、堪《こら》えかねたように広げた両腕で爽子と冴子の肩を抱き、屈《かが》めた背中を波打たせて、笑い続けた。三十路《みそじ》の女がはしたない、と笑いながら頭の片隅で思いはしたが、どうしてもおさまらない。まるで、心に開いた穴から、いくらでも笑いが流れ込んでくる、という風に。

「……ご、……ごめんなさい」明日香は、しばらくしてようやく笑いの衝動が静まると、目尻の涙を指先でぬぐいながら言った。「可笑しくて……」

「――はあ」爽子と冴子は、明日香に肩を抱かれたまま、互いへの軽蔑《けいべつ》を忘れてしまったような、ぽかんとした表情で顔を見合わせ、異口同音《いくどうおん》に答えた。

「ま、仲良くしなさいとは言わないわ」

明日香は、両脇の爽子と冴子を抱き寄せ、二人の耳元で囁くように言った。

「でも――」

「……どうかしたんですか」

明日香は、二人の肩に回していた腕を下ろして振り返った。

保田が、屋上の出入り口に立って、黒縁眼鏡のレンズ越しに呆然とこちらを見ていた。

「いえ、なんでもないわ」明日香は言って、促した。「どうしたの？」

「はい」保田が言った。「いま連絡があって、鷹野管理官がここへ来られるそうです」

署庁舎玄関の車寄せに、黒塗りの管理官公用車が停まった。

明日香は出迎えるために、鷹野が後部座席から降り立つと、歩み寄った。

「管理官」明日香が声をかけた。「お疲れ様です」

「よう」鷹野は飄々《ひょうひょう》と答えた。「どうだ？」

「はい、捜査方針を変更しました。現在、新たな捜査項目をたてて捜査中です」

明日香は頭を下げた。「──昨夜はご連絡差し上げるのが遅れて、申し訳ありません」

「それはいいんだけどな」

鷹野は、明日香と肩を並べて庁舎内へと足を運びながら続けた。

「しかし、思い切ったもんだ」

ええ、と明日香は微笑のみ返し、鷹野とともに玄関のドアを抜ける。

「ヤナさんに大胆な方針転換をさせたのは」鷹野は人差し指を立て、宙をつくような仕草をした。「あいつ……なのか？」

鷹野の指が、上階の講堂にいる、爽子を指しているのに気づき、明日香は答えた。

「ええ」

「そうか……」鷹野は言った。「いいコンビだな、ヤナさんと吉村は」

「恐縮です」明日香は澄まして答えた。

「……だが、そうは思ってくれない方々もいる」

「え？」明日香はエレベーターのボタンを押しかけた手を止め、振り向いた。

「課長や理事官が、ですか？」

「ああ、そうだ」鷹野が言った。「もっとも、吉村の招集を許可したのも自分たちなわけだから、そうガタガタ言える筋じゃあない」

「〝ガタガタ言える筋じゃあない〟けど」明日香は先読みして口を挟む。「問い質《ただ》したり、釘を刺しておきたいことはある、と？」

明日香にとっては、ある程度は予想していた反応だった。犯罪組織の犯行を疑っていたのが一転、個人の、それも女性の犯行の線を追い始めたのだから。そしてさらに、その女性は、十年前に――。

「ヤナさんの言うとおり」鷹野は認め、続けた。「課長と理事官が、事情を聞きに、ここへ足を運ぶそうだ」

「そうですか、課長と理事官が」

目を見張ってみせた明日香の後ろで、エレベーターの扉が左右に開いた。

——私が矢面《やおもて》に立って、守らなくては……。

爽子を、鷹野を。なにより、この捜査を。

明日香は、鷹野とともに乗り込んだエレベーターの箱の中で、そう心に決めた。

「……犯人像推定については解《わか》ったが——」

平賀《ひらが》は爽子の説明を聞き終えると、テーブルの上座で口を開いた。

平賀課長と桐野《きりの》理事官が、そろって現れたのは、三十分後だった。明日香は、平賀と桐野を自らと爽子の塒《ねぐら》である、二十畳ほどの小会議室に案内し、鷹野と爽子に挟まれて、会議用テーブルについていた。

「——それが正確だという保証はあるのか」

明日香は、隣で爽子がそっとわずかにうつむくのを感じた。

捜査一課内の人事権は課長が握り、そして平賀は、爽子を心理捜査官としては不適格という烙印《らくいん》を押し、一課から飛ばした張本人だからだ。先ほどの平賀への説明にしても、鷹野へのそれと違い、緊張したのか爽子の口調は、たどたどしいものだった。

それはともかく、と明日香は思った。このような犯人像推定の正確さを疑う声を予想したからこそ、半ば事後承認を迫る強引な方法をとったのだ。

「捜査に当たってきた者としては──」

明日香は内心をおくびにも出さず、口許だけにとどめた微笑のまま、口を開く。

「──事実にかなり近いのではないか、という感触を得ています」

「しかしだな」桐野も平賀の隣で口を開く。「來嶋部長の鑑捜査を、充分に行ったのか。この手の犯行は面識者が大多数なのは、承知しているはずだ」

「はい」明日香は、桐野の目を見詰めたままうなずいた。「しかし、周辺からはなにも出ませんでした。そして──」

明日香は平賀に目を移して、続けた。「──鑑のみならず、マル害の身辺捜査でなにも出なかったからこそ、予想していなかった犯人像を提示した今回の犯人像推定に、信憑性《しんぴょうせい》がある、と考えます」

狭い会議室に、沈黙が落ちた。

「だが、その犯人像推定が間違いだった場合、どんな影響を捜査員らに及ぼすか、君は考えなかったのか」

「と、おっしゃいますと」明日香は平然と、平賀を見た。

「君は、來嶋部長が過去に犯した犯罪が動機となり、今回の犯行に至ったと告げた。仲間を疑わざるを得ない捜査員らの心理的な負担は大きい。ましてその動機とされたのは、警察官としては許し難い行為だ。そうだな？」

「はい」明日香は平賀の睨《にら》むような視線を、静かに受け止めてうなずいた。

「……しかしだ、それがまったくの見当違いだったとしたら、どうなる？」

平賀は、無言の明日香を睨んだまま続けた。

「重荷を背負わされた挙げ句にスべらされた捜査員たちの士気は低下し、君の捜査指揮への信頼はもちろん、……帳場そのものが崩壊するぞ」

「マスコミに漏れた場合も同様だ」桐野も付け加えた。「來嶋部長本人はもちろん、被害者遺族の名誉も、連中に寄ってたかってずたずたにされるんだ」

課長と理事官がそろって顔を見せるとは、新たな捜査方針への懸念《けねん》だけかと思っていたけれど、あるいはもしかして……、と明日香は思った。本当は、これが言いたくてやってきたのだろうか。

警察官にとって、身内の悪行を暴くことには、本能的な忌避《きひ》感がある。冗談じゃない、と明日香は心の中で打ち消した。たとえ、いまはまだ隠れたままの犯行の動機が、どんなに警察の組織にとって恥じ入らざるを得ないものであっても、事実であるならば、求めないわけにはいかない。なぜなら、警察官の誇りと使命感を持ち続けているからこそ――。

「可能性がある以上は追及しない理由はない、……と考えますが」

明日香は表情を消した顔で告げた。

「私たちは地べたを這《は》いずってでも事実を突き止めるのが仕事です」

「おい、柳原！　お前……！」

平賀が机に身を乗り出した途端、それまで聞こえなかった声がかかった。

「ご懸念は承知しました」鷹野だった。「本部内の保秘《ほひ》、及び捜査密行の原則を徹底する、ということで……」

「問題はそれだけじゃないと言っとるだろう！　本部内の——」

「しかし、マスコミにヅかれるなり漏れるなりすれば、いずれにせよ捜査しないわけにはいかなくなりますが……」

鷹野は本当に困った、という表情で言った。

「どういたしましょうか？」

一課長と理事官は、口をつぐんだ。

明日香は鷹野が言外に持たせた意味に気づくと、表情を変えず、くすっと内心で笑った。

鷹野の言いぐさ自体は、現場の捜査員が、上層部を突き上げるのによく使われる手ではあった。捜査情報のさわりだけを流してマスコミを動かし、既成事実化して、捜査幹部に決断を強要する、という古典的なものだ。この場合は、犯人像推定であがった女性の存在を、マスコミにこっそり耳打ちすることもできるんだぞ、という意味だ。

けれどそんな真似はしたくないので、女性の存在を徹底してマスコミから保秘する代わりに、捜査方針の変更を認めてほしい……。

つまり鷹野は、平賀と桐野に駆け引きを持ちかけているのだった。

――名前は鷹なのに、ほんと狸なんだから……。

「責任は、とれるんだろうな」平賀が鷹野に目を据えて、ぼそりと言った。

「あ、あの……！」

明日香は、爽子が意を決して口を挟もうとしたのを、テーブルの下で足を摑《つか》んで止める。

「もちろんです」鷹野は気負いもない口調で答えた。「置物程度ですが、私が一応、捜査主任官ですので」

明日香も口を開いた。「当然、もっとも責任を負うべきなのは、副捜査主任官である私ですが」

苦々しく歪めた顔で、平賀と桐野は視線を交わしていたが、やがて息をついて立ち上がった。

「……しっかりやれ」

平賀の口調は、もはやほかに言い方がない、というような素っ気ないものだった。

「必ず、吉報をお届けできるよう、最善を尽くします」

明日香も言いながら席から腰を上げ、爽子と鷹野も一拍遅れて続いた。

そのまま小会議室を出ると、明日香たちはエレベーターまで平賀と桐野を見送った。

「柳原……！」

乗り込んだエレベーターの扉が閉まる寸前、桐野が明日香を睨みながら言った。

「大見得《おおみえ》切ったからには、必ず相応の結果を出せ！　鷹野、お前も――」

扉が閉まった。

明日香は全身で息をついた。鷹野もまた、やれやれ、とばかりにネクタイを緩める。ただ、爽子だけは肩を落とし、うなだれていた。

「行きましょうか」

明日香が促すと、三人は本部へ戻るべく、鷹野を先頭に廊下を歩き出した。

すると、爽子が明日香に縋《すが》り付くようにして口を開いた。

「あ、あの……、係長！　私の犯人像推定で……」

「課長に言ったとおりよ」明日香は前を向いたまま答える。「可能性がある以上、追及しない理由はない」

「でも……」

「それに、捜査には常に百点か零点しかない。だから、最終的にホシを捕れば、誰も文句は言えないわ」

明日香は爽子に顔を向け、笑った。

「実はね、刑事のそういうところが一番、気に入ってるの」

「獲物を捕ってくる猟犬だけが、いい猟犬だ」鷹野が、背中を向けたまま言った。

「あ！　姐さん！　管理官も、お戻りで」

講堂に入るなり、植木の声がデスク席から飛んできた。

「ただいま……。なにか？」

明日香は、鷹野と爽子とともに、無人の長机の列を通り過ぎながら答えた。

「映像解析の、とりあえずの結果が出たらしいんで……。そうだな?」

植木はデスク席に座ったまま、傍らに立つ捜査員を見上げた。

「あ、はい」

紙袋を抱えた、やや長髪の捜査員は答え、鷹野に慌てて一礼した。

「ええと、係長の指示どおり……」

長髪の捜査員は紙袋を開き、紙の束を取り出しながら言った。

「防犯カメラの映像を、マル害の周辺を距離的にも時間的にも広くとって、もう一度見直しました。それで、一度でも來嶋部長のいる方向に顔を向けた女性十七人、めぼしい人物を拾い上げました。で、静止画像にした対象に、大きくする近接化と、輪郭を鮮明にする先鋭化の処理を行った結果が——」

捜査員は、紙袋から取り出した紙の束を差し出した。

「——これになります」

「お疲れ様、早くて助かるわ」明日香は労をねぎらってから、プリントアウトされた写真用紙を受け取った。

いえ、と長髪の捜査員は、照れたように笑った。……子どもが生まれたばかりで、休日は、その愛らしい姿を永遠に残すためにビデオ撮影や画像ソフトに凝《こ》っている。それを植木が勘案《かんあん》して、ビデオ解析に回した捜査員だった。

「ですがまだ途中で……、とりあえず新宿駅構内で撮影された分だけですが」

「……そう」明日香は用紙を捲《めく》りながら答えた。

髪の長い、あるいは短い女性。痩せている女性にふくよかな女性。様々な顔貌《がんぼう》が人混《ひとご》みの中から切り取られている。

ただ、明日香は一枚一枚に目を通してはいても、顔貌より画像の処理の仕方に注意を払っていた。これが役に立つのは、まだ先のことだ。

そのはずだった。

「ん……？」明日香は、捲っていた手を止めた。

用紙には、やや斜め上から撮影された、若い女性の横顔が写っていた。

セミロング、肩ほどの長さの黒い髪のしたに、形の良い鼻梁《びりょう》が伸びている。二十代後半……だろうか。

明日香は思い至った途端、脳天に楔《くさび》を叩き込まれたような衝撃を受けた。

――このひと、どこかで見た……？

勘違いだろうか？　けれど、そう思い直そうとしても、意識に突き刺さった楔が注意を移すことを許さなかった。目にしたのは間違いない。

では……どこだ？　どこで見た？　明日香は確信を根拠に、頭をフル回転させて、記憶のリールを凄まじい勢いで巻き戻してゆく。

……やがて、頭の回転に急ブレーキのかかる感覚があった。歯車が、繋《つな》がるべき歯車にがっちりと繋がったような――。

意識が記憶にたどり着いたのだ。

――〝面識率〟は、公安警察官のイロハのイ……！

明日香の目の中で、脳裏から抽出された記憶の映像が、現実と二重写しになっていた。

「あのぉ、係長？」

「どうかしたのか」

「……？」

長髪の捜査員と、鷹野が声をかけた。爽子も爪先《つまさき》立って覗き込んだ。

「――吉村さん、やっぱりあなたの分析は、間違ってなかった」

「……あの、係長？」

明日香は爽子に答えずに用紙から顔を上げ、長髪の捜査員に向けた。

「この女を画像上で追跡して。左側だけでなく反対側も、できれば正面も欲しい。3D《スリーディ》化したものもね」

明日香は鷹野に身体を向け、顔を上げた。

「みつけたようです」

「どういうことだ？」

はい、と明日香は答えて深呼吸した。そして、続けた。

「ここに写っている女を、現場でみました」

「……間違いないのか？」

さすがの鷹野も、目を丸くしていた。

「はい」明日香は、鷹野の目を見詰めたままうなずいた。

「犯行翌日、現場にいるところを」

丸の内のブラッスリーで、〝常磐《ときわ》〟こと布施治人と、公安の防衛要員に囲まれながら接触を持った帰り、現場へ確認に寄った時だった。

――私はあの時、近所の女性が、殺された、かつては現場を管轄する署に勤めていた不幸な警察官を哀れんで、訪れたのだとばかり……。

献花台に花を手向《たむ》けていた若い女性と同じ横顔が、いま、用紙にカラー印刷されて、目の前にあった。

――でも、そうじゃなかった……。

明日香は息をついて、デスク席を見渡しながら続けた。

「……よく似ていたのは、間違いない」

「ほんとですか姐さん！」植木が、パイプ椅子をはじき飛ばす勢いで立ち上がった。

デスク席で、原石刑組課長ら詰めていた捜査員が、顔を見合わせて騒然となる中、電話が鳴った。

「はい、デンチョウ特捜！」植木が受話器を摑みあげ、興奮した口調そのままで答えた。

「おお、兄弟か？　いま忙しいんだ！　それがな――」

電話をかけてきた相手は岸田主任で、植木が言い募ろうとするのを遮ったようだった。

「――なに？　……ほんとかよ？」

植木が電話に耳を傾けてメモを取りながら、徐々に顔を強張らせてゆく。

「おい、誰かメモ用紙をくれ！」

明日香たちも、植木のただならない様子に、自然と会話をやめた。そして、差し出されたメモ用紙に、植木が刻むように書き取るのを、じっと見守った。

「……解った、姐さんに伝える！」植木はペンをおくと言った。「だがな兄弟、これがガセだったら、てめえを逮捕するぞ！」

植木は受話器を叩きつけるように戻すと、上気した顔をあげた。

「岸田の旦那からです！　複数の住民から、目撃証言がでたそうです！」

事件が弾《はじ》けはじめた……！　明日香は、胸の中で熱く強い感情が膨れあがるのを感じながら、叱責《しっせき》するように質した。

「人定は！」

「朝比奈沙織《あさひなさおり》、二十八歳、だそうです！」

「了解！」明日香はうなずいた。「すぐこの写真を住民に確認してもらって！」

「承知！」

植木は答えると、メモ用紙を差し出した若い捜査員に怒鳴った。

「行け！　岸田の旦那に超特急で届けろ！」

若い捜査員は、あり合わせの大判茶封筒にカラー写真用紙を収めると、慌てて講堂から駆けだしていった。

第五章　「追跡捜査」

「……以上、ビデオ解析と地取りの再捜査で浮上したのが――」

明日香はひな壇に立って、背後のホワイトボードに貼り付けたカラー写真用紙を、前を向いたままノックするように叩いた。

明日香の眼前では、捜査を中止して戻った捜査員たちが、長机で、配布されたビデオ映像のカラーコピーを、食い入るように見詰めながら説明に耳を傾けている。ときおり、となりの相勤と交わす小声が、遠い喧噪《けんそう》のようだった。

そんな中、急遽《きゅうきょ》、呼び戻されたために、遅れて講堂に飛び込んでくる捜査員の組もいて、低いざわめきに拍車をかける。

明日香はそんな講堂内で、声に力を込めて続けた。

「――朝比奈沙織、二十八歳！」

一瞬、帳場が静まった。一拍おいてから、おお！　という声が、捜査員らの口からあがる。

獲物を視界に捉《とら》えた猟犬の唸《うな》りだった。

「朝比奈沙織は、十年前まで現場近くの自宅に両親と暮らしていた」明日香は捜査員らを見渡しながら続ける。「……が、住民の話では、都内の福祉系大学入学を機に親元を離れ、現在は練馬区の老人福祉施設に勤務しているらしい」

朝比奈沙織の入った大学は、自宅から充分に通える距離にあった、と明日香は思った。

にもかかわらず、学生時代からひとり暮らしをはじめたのは、この土地から、いや、忌まわしい記憶から、少しでも遠ざかりたかったのだろう。前を向いて、生きてゆこうと……。

それなのに、おそらくは偶然に、來嶋聖司巡査部長が取りあげられたテレビ番組を見てしまったために――。

「ただちに、朝比奈沙織の身辺及び所在捜査を行う。ですが現時点では参考人です」

沙織が、犯行当夜に被害者の近くに存在したこと、及び翌日に現場を訪れたこと。これだけでは、状況証拠とも呼べない。

「よって、当該人を現認した場合でも、〝直当《じかあ》たり〟は禁止。その際は速《すみ》やかに本部あてに一報し、以後は秘匿《ひとく》での行動確認態勢《こうかく》をとるものとする」

捜査中に沙織本人を見掛けても、直接聴取することを、明日香は禁じた。いま、沙織に捜査の手をヅかれる——、感づかれると、予測できない行動を取る可能性があった。

〝ホシは飛ぶもの、踊るもの〟。犯人は逃亡し抵抗するものとして、対応しなくてはならない。

「吉村巡査部長」

明日香は顔を上げて、捜査員らの頭の連なる果ての、最後列の席に着いた爽子に声をかけた。

「今後の捜査の留意事項は」

「あ、はい」

爽子は、振り返った捜査員らに注目されながら、口を開いた。

「退職あるいは転居、といった事後変化が考えられますけど……」爽子は口を濁して眼を落とした。「それに……その……」

明日香にも、そして居並ぶ捜査員たちにも、爽子が告げなかった言葉の続きが、解っていた。

犯行の態様は残酷だが、それは朝比奈沙織が冷酷だからではないことは、爽子が分析している。さらに、前科はもちろん、微罪処分やスピード違反、さらに警察官の職務質問の回数さえ記録される警察内部の記録――〝前歴〟にも、なんの記載もない。

明日香の現時点での沙織への印象は、犯罪とは無縁の、ごく普通の女性というものだ。

そして、そんな普通の女性が、憎んでいたとはいえ警察官を殺害し、恐怖ゆえとはいえ猟奇的な姿で死体を遺棄した、となれば——。

最悪、沙織自身が死を選ぶこともあり得る。

そんなことはさせない、と明日香は思う。沙織の犯した罪は許せない。けれどそうさせた動機は來嶋にあり、傷つけられたうえに罪を犯し、さらには自ら死を選んだとしたら、あまりに沙織が憐れすぎる。その思いは、爽子と同じだった。

手錠をかけることによって、沙織を、忌まわしい記憶と殺人という二つの鋼鉄の十字架の重荷から、解放してやらなくてはならない。それは、沙織を十年前に傷つけた來嶋巡査部長と同じ警察官の自分たちにできる、せめてもの償いだ。

了解、と明日香は爽子に答え、それから捜査員を見回した。

「……私からは以上。——なにか質問は?」

質問は無し。捜査員たちは、猟欲で光る眼で、凝視してくるばかりだった。

明日香は、捜査員の群れからの眼光を肌で感じ、初めて微笑を取り戻すと、捜査の割り振りを申し伝える植木に場を譲るべく、幹部席に腰を下ろした。

三日後――。

明日香は、捜査車両の後部座席に座り、窓から景色を見るともなく、ただ眼に映していた。

――犯人像推定からは、一気に事件は動いたんだけど……。

明日香は、後ろへ流れてゆく街へ顔を向けたまま思った。

しかし――。

朝比奈沙織は、介護職員として働いていた練馬区の老人福祉施設を、一週間前に退職していた。

「――いい子だったんですよ、沙織ちゃん。仕事熱心だったし」

辞めたと確認されてから聞き込みに向かった捜査員に、上司だった介護主任の女性は、そう述べた。

「辞めた理由を、なにか話してらっしゃいませんでしたか」

「いいえ、ちょっと事情があって、としか。……でも」

「なにか気になることが」

「ええ」介護主任は憚るように声を落とした。「それが……、沙織ちゃん、結婚してからもこの仕事を続けたいって、よく言ってたんです。なのに、急に辞めるって言い出したものだから、私たちも驚いちゃって……」

「朝比奈さん、結婚のご予定があったんですか」

沙織には、柴野《しばの》克俊《かつとし》という同い年の婚約者がいた。

そして、この柴野克俊を捜査したところ、犯行前日に都内のレンタカー会社からワゴンを一台借りていることが判明した。

沙織は、運転免許を所持していない。來嶋の死体を現場まで運ぶには移動手段が必要で、手伝いがいれば、さらに遺棄は容易となる。

そして、レンタカー会社の協力を得て、柴野が借り出したワゴンを、鑑識が採証活動した結果、決定的な証拠が発見された。

それは、後部ラゲッジルームに落ちていた、毛髪だった。

すぐに科捜研に持ち込まれた毛髪は、人間と動物の体毛を異同識別する人獣鑑別を経て、形態学的検査が行われた。……顕微鏡を覗いた科捜研の担当者は、毛根の先が、乾いた筆先のように皮質繊維がささら状になっているのを確認した。

それは、一日六十本から百本はあるという自然脱落毛ではあり得なかった。

死後脱落毛——。間違いなく、死体から抜け落ちた毛髪だった。

科捜研は鑑定を続けていて、死後脱落毛が來嶋聖司巡査部長のものと断定されたわけではないが、まず間違いない。

この結果を受けて、明日香は朝比奈沙織と柴野克俊への死体遺棄罪の逮捕状を請求し、発付されたのだった。

しかし、逮捕には至っていない。

——基礎捜査のミスが、尾をひいたか……。そして私が、もう少し地取り捜査に慎重だったら……。

この場合、現場の捜査員を責めるのは酷だ。

場数を踏んだ捜査員は、地取りに臨んで、不審なものや怪しいものを見ませんでしたか、とは聞かない。〝不審〟も〝怪しい〟も、主観でしかないことを知っているからだ。あくまで、その場やその時間に、誰を、そして何を見聞きしたのかと尋ねる。その答えを掻《か》き集めて繋ぎあわせて、犯行時刻に現場で起こったことを再現する。

しかし、質問される住民にしてみれば無意識に、捜査員の期待しているような答えを想像してしまう。結果、〝不審〟で〝怪しい〟と住民自身に感じられた人物や物事だけを、捜査員に告げてしまうのだ。

けれど――、朝比奈沙織は家を出るまで、ずっと現場近くに住んでいた。付近住民とも顔見知りであって、花を手向《たむ》ける沙織を、誰も〝不審〟とも〝怪しい〟とも思わない。それに、首を切断された死体がベンチに座らされていた事件と、なにより沙織の人となりとが、住民の頭の中で重ならなかったのだろう。

でも、それは私も同じこと、と明日香は思った。

通常の死体損壊・遺棄事案――バラバラ殺人ならば、死体を保護しようとした形跡があるのを見て取った時点で、女性の犯行を疑う程度の常識はわきまえているつもりだ。けれど、証拠の隠滅や死体の運搬を容易にさせるのには全く用をなさない、頭部だけを離断した遺体の態様と、口に咥えさせられていた警察手帳に惑わされるとは、我ながら……。

——やはり、吉村さんのプロファイリングがあったからこその〝ホシ割れ〟か……。

「……そういえば」

明日香は捜査車両の後部座席で口を開き、顔を窓から傍らに向けた。

「朝比奈沙織の両親から聴取したのは、吉村さんだったわね」

「はい」

明日香の隣に、ちょこんと座っていた爽子が答える。

「母親から、話を——」

「あの、それで……」

朝比奈沙織の母親、佳枝《よしえ》は爽子を居間に通すと、正面のソファに座りながら言った。

「娘の何を、お聞きになりたいんでしょう……？」

「はい。……十年前、沙織さんが高校二年生の時のことです」

爽子もパンツスーツの膝をそろえて座ったソファから言った。

「その頃、一週間、学校を休まれたことがありましたね？」

「え？」

佳枝は、一瞬、爽子に目を止めた。……が、すぐに逸《そ》らした。

「さあ、どうだったかしら……、そんな昔のことは、ちょっと……」

爽子はじっと見詰めながら、佳枝の眼に浮かんだ表情に確信をもった。

——まるで亡霊にでも出逢ったような、あの眼……。

「学校の記録で、確かめました」爽子は視線に捉えたまま、さらに言った。「なぜ沙織さんは、一週間もお休みになったんでしょう？」

「いえ……、あの、覚えてないんですけど……」佳枝は目を逸らしたまま答えた。

「でも、もしそうだったのなら……風邪でもこじらせたのかも……」

「沙織さんはその後、中学から続けていた大好きなテニスを辞めてしまったと、当時の顧問の先生からお聞きしました。時々、情緒不安定になって、一緒にいるとき泣き出してしまったりすることがあったと、学生時代のお友達が話してくれました」

「ですから、刑事さん」

「――なにが起こったのか、……解っています」

爽子は佳枝を制するのではなく静かに、そっと差し出すように告げた。

「そしてそれが、思い出すのも話すのも、辛いことだということも……」

背を伸ばした爽子と、低いテーブルを挟んで向かい合う、うなだれるように俯《うつむ》いた佳枝との間に、静けさだけが、落ちた。

「……学校からの帰りだったと、言ってました」

佳枝はうなだれたまま、呟くように告げた。

「……部活で、遅くなってしまって……」

沙織は、最初の三日間、自分の部屋に閉じこもって、一歩も出ようとしなかったという。

けれど佳枝が問い質すと、沙織は半分魂の抜けたようなうつろな表情で、ぽつりぽつりと、細切《こまぎ》れに答えたのだった。

「夫も私も、……ほんとうに驚いてしまって……」佳枝は、膝においた両手を握りしめた。「とりあえず、……夫の知人のお医者様に連れて行きました……」

「警察に届けなかったのは、……どうしてでしょう」

爽子は、胸に痛みを感じながらも、警察官としてはそう聞かざるを得なかった。

強姦は親告罪《しんこくざい》であり、訴え出がなければ捜査はできない。

「それは……診《み》ていただいたお医者様にも勧められましたけど……」

佳枝は顔を上げた。一気に五歳は歳《とし》をとったような表情だった。

「幸い、沙織の身に、妊娠や性病の兆候がなかったものですから……それに」

「それに……？」爽子は繰り返して、促した。

「それに、あの子が、沙織が嫌がったんです……！　犯人の顔も覚えていないし、むしろ思い出したくない、って。私も夫と二人して説得しましたけど、……どうしても嫌だと。何度も言うと、あの子、泣きじゃくって叫ぶんです……！」

「沙織さんは、なんと言ったんですか」

「〃やめて！ そんなことしたら私殺されちゃうよお！〃……と」

爽子の耳を、その悲痛な哀訴《あいそ》の叫びは、まるで沙織本人の口から迸《ほとばし》ったように、突き刺した。悲痛の刃は鼓膜を貫き通して、爽子の心臓に達していた。

屈辱……無力感、そして凄絶《せいぜつ》なまでの恐怖。

それは、爽子が幼き頃に味わわされたものでもあった。

沙織は覚えていたんだ……、と爽子は思った。自分を酷《ひど》いめにあわせた相手を……。

覚えてないと佳枝と父親に告げたのは、本心だろう。けれどそれは、沙織の心が、突然に襲いかかってきた恐怖と痛みに堪《た》えるため、記憶を抑圧したためだ。

いわば、自己防御的忘却だが、真っ白な心のページには、加害者……來嶋聖司巡査部長の顔が、くっきりと残酷なまでに刻印されていたのだ。

――警察官は秩序を象徴する一方で、権力と強制力、いわば暴力をも象徴する……。

だから、殺される、と沙織は叫んだのだ。

「……よく解りました」

爽子は、閉じていた眼をあけて詫びると、立ち上がった。

「辛いお話をさせてしまい、申し訳ありませんでした」

佳枝は、苦しみに堪える表情のまま、爽子を見上げて言った。

「でも……どうして今頃になって……そんな話を」

爽子は再び、心臓を針で刺されるような痛みを感じたが、表情を変えずに名刺入れを取り出すと、一枚抜いて差し出した。

佳枝は急に足が萎《な》えたように、のろのろと立ち上がった。そして、名刺を受け取ると、眼を落とした。

「もし沙織さんから連絡があったら、こちらにお知らせ下さいますか？　大事なことなんです」

爽子は名刺に顔をうつむけたままの佳枝に、言った。

「あの……吉村、さん？」

佳枝は顔を上げると、呆然とした表情で爽子を見た。

「あなた、訪ねてらっしゃったときは、警察の方としかおっしゃらなかったけど……」

佳枝は、信じられないという風に、名刺と爽子の顔を交互に見詰めながら言った。

名刺には、「田園調布警察署　捜査一課特別捜査本部員」と記されている。

「……じゃあ、……あの公園でお巡りさんが殺されてたっていう事件で……？」

爽子は、小さくうなずいた。

「そんな……」

佳枝のぽかんと開いたままの口から、言葉が漏れた。

「……そんな、じゃあ、あれは……沙織が……？」

「沙織さんが、なんらかの事情をご存じだと、私たちは考えています」

爽子はそれだけ答えるに留《とど》めた。

「朝比奈沙織が、出頭してくれればいいんですけど……」爽子がぽつりと言った。

「……そうね」明日香は答えた。

もっとも、ほかの事案だったら、そうは思わないだろうな、と明日香は思う。捜査員なら、犯人が自ら警察に出頭してくるまえに、なんとしても捕りたいと願うものだ。功名心はもちろんある。けれどそんなこと以上に、捜査員は、犯人が必ずしも犯行を悔やんだからではなく、自己保身のためにそうする者も多いのを、経験から知悉《ちしつ》しているからだった。出頭したとなれば、改悛《かいしゅん》の情ありとして、犯人は裁判で罪一等を減じられることが多いからだ。

罪を犯した者には、それに見合った償いをさせなければならない。

――でも、この事案ではそうとも言い切れない……。

そう考えているゆえの、爽子の言葉だろう。

それに、と明日香は思った。……爽子は以前から性犯事案には、特につよい意欲を持っていた。異動した多摩中央署でも、性犯の被疑者に対しては、およそ情け容赦のない峻厳《しゅんげん》な捜査をしているらしいことは、噂には聞いている。

爽子が性犯へのつよい意欲を持つ理由を、明日香は尋ねたことはない。もっともそれは、心理捜査官としての、〝快楽殺人あるいは異常犯罪と呼ばれるものは、性犯のもっとも凶悪化したもの〟という持論ゆえかも知れないし、ほかの理由があるのかも知れない。

——どんな理由にせよ、こちらから聞くことじゃないわね。

相手の話したくないことを無理矢理に聞き出そうとするのは、それこそ精神的には性犯と同じ——、他人の心を無理矢理に犯すのと変わらない。人間として恥ずべきことだ。

——ま、私を信頼してくれたら、吉村さんの方から言うだろうし……。

明日香は、ちらりと隣の爽子に眼をやった。爽子はどこか清楚《せいそ》な横顔をすこしだけうつむけ、膝においた手元に大きな眼を落としている。

明日香は、わけもなく、ちらりと微笑を漏らした。と——。

「係長」運転席から声がかかった。「もうすぐです」

明日香が表情を改めてから窓の外を見ると、捜査車両は幹線道路からはずれて住宅街の生活道路に入り、速度を落としている。

「了解、ありがとう」明日香は、座席でわずかに身体を傾げて、前席の間から前方を覗き込みながら答えた。

すでに、数台の捜査車両が縦列に連なり、鑑識の白い車体に青いライン入りのバンが三台、止められている。紺の活動服姿で、資機材を用意する鑑識課員たちの姿もあった。

捜査車両が路肩に寄せられ、先着の捜査車両の列の最後尾に停まると、明日香はドアを開けて、道路に立った。

「……ここか」明日香は呟いて、目の前の建物を見上げた。

高層建築に侵食されていない空のもと、二階建てのモルタル造りのアパートが建っていた。

そこは、朝比奈沙織の自宅だった。

朝比奈沙織と、沙織の婚約者で共犯とみられる柴野克俊は、姿を消していた。

三日前、沙織の人定が割れた時点で、捜査員がこのアパート付近で秘匿張り込みを行ったが、沙織は姿も見せなければ、帰宅する様子も全くなかった。郵便受けに溜まったダイレクトメールやチラシの状況から、少なくとも一週間前から帰宅した形跡がなかった。

そこでこれから、沙織のアパートの捜索を行うため、明日香も出向いたのだった。

「吉村さん」

明日香が声をかけると、同じように見上げていた爽子も無言でうなずいた。

鉄骨の簡素な階段をあがった外廊下には、長身の岸田を囲む、腕章をした捜査員たちと、ジュラルミンのケースやカメラを身体に下げた鑑識課員らが、ドアの方を向いて佇《たたず》んでいる。

「お疲れ様」明日香は腕章を着けながら岸田たちに近づくと、声をかけた。「はじめましょうか」

「解りました」岸田は答えて、捜査員に取り囲まれている、大家らしい初老の男性に向かって言った。「お願いします」

岸田からすでに捜索差押許可状を提示されていたのか、くたびれたポロシャツを着た男性は、スチール製ドアの鍵穴に、マスターキーを差した。

ドアが開け放たれる。鑑識課員の一人が、小脇に抱えていた黄色い通路帯の端を三和土《たたき》のところで押さえ、室内へと伸ばしながら入ってゆく。カメラやジュラルミンケースを下げた鑑識課員らが続いてゆく。鑑識課員らは皆、ズボンの裾を靴下にたくし込み、足にはカバーを履いていた。体毛や足跡を残さないためだった。

岸田たち捜査員も、鑑識課員に倣《なら》って裾をたくし込もうと屈み込む。明日香がパンツスーツ以外を着ているのを見たことのない爽子も、同じように屈み込んだ。制服、私服を問わず女性警察官に愛用者の多い、ガーターストッキングでスカートのなかを防御している明日香は、その間に大家の男性に声をかけた。

「お忙しいところ、ありがとうございます。引き続き、立ち会いをお願いします」

「ああ、……はい」大家の男性は眼鏡のずれた顔で、ぼんやりと言った。「……大変だねえ」

「……いいえ」

明日香は頭を下げたが、大家の言葉が警察の仕事についてなのか、それとも、女だてらにと言いたいのかは、解らなかった。

「係長！」

明日香が見ると、鑑識課員が、入ってすぐの台所から呼んでいた。

「いいですよ」

明日香は大家にもう一度目礼して、玄関へと入った。

狭い三和土で靴を脱いで足カバーをつけ、三和土とほとんど段差のない床に敷かれた通路帯にあがった。

四畳ほどの台所だった。小さな二人用の食卓と椅子、合板製の食器棚があった。流しにはプラスチック製の水切りがあり、鑑識課員が、そこに布巾をかけて置かれていたコップから、指紋を採取していた。

そして、そこからは、小ぶりな座卓テーブルと壁につけられたベッドの左半分の覗く六畳ほどの居間が、開け放たれた磨《す》りガラスのはまった引き戸の奥に見えた。そこでも、採証活動をする鑑識課員の背中が動いていた。

全体的に、片付けられた部屋だった。

つつましいけれど、と明日香は見回して思った。……いい部屋ね。

逃亡するためにわざわざ片付ける筈《はず》もないから、沙織は普段からきちんとしていたのだろう。明日香には、生活を大切にしていた若い女性の住まいに感じられた。

「ほかの捜査員も、入っていいかしら?」

明日香が居間へ声をかけると、屈み込んで床を調べていた鑑識課員が立ち上がり、どうぞ、と首を上下させた。

明日香が、玄関の外で待ち受ける岸田に合図すると、戸口を塞ぐように、岸田を先頭に、捜査員たちが流れ込んでくる。

「吉村さん」

明日香は捜査員の一番後ろから入って来た爽子に声をかけ、居間に入った。

明日香は爽子とともに、床の薄い絨毯《じゅうたん》の足跡を調べている鑑識課員を避けて、ひとの背丈ほどの高さの本棚に近づいた。

本棚の下の段は、女性らしいファッション雑誌が押し込まれるように背表紙を並べ、中間は、文庫本や文芸書だった。けれど、一番上の段には、一冊の分厚い書物だけが置かれていた。

それは、聖書だった。

所々に栞《しおり》が挟んであり、沙織がよく読み返していたのがうかがえた。そう思うと、聖書のほかはなにも置かれていない本棚の最上段が、どこか祭壇めいて感じられた。

明日香が分厚い聖典を、白手袋をした手にとると、爽子が横から覗き込んで言った。

「――聖書ですね」

ええ、と答えながら明日香は栞の挟まれた箇所を開いた。

〝もし、私たちが自分の罪を言い表すのなら、神は真実で正しい方ですから、その罪を赦《ゆる》し、すべての悪から私たちをきよめてくださいます〟

……ヨハネの手紙、第一章の九節。

〝すべて、疲れた人、重荷を負っている人は、わたしのところへ来なさい。わたしがあなたがたを休ませてあげます〟

マタイによる福音書、十一章二十八節。

〝自分の十字架を背負って、わたしに従いなさい〟

マタイによる福音書、十六章二十四節。

「まさか……、朝比奈沙織は……」爽子は聖書から、わずかに狼狽《ろうばい》まじりに呟きながら、顔を上げる。「自分から、主の御許《みもと》へゆく気では……？」

明日香は、大きく息を吸い込んだ。……そんなこと、あってはならない。

沙織さん、と明日香は心の中で語りかけた。あなた、永遠に救われなくなるわよ……！

「係長！」台所の方から鑑識課員の声がかかった。「柳原係長はいるか？」

明日香が聖書を本棚に戻し、台所に引き返すと、左側の戸口に鑑識課の係長が立っている。廊下と呼ぶにはあまりに狭く短い空間であるそこは、ユニットバスの入り口に面し、洗濯機が置かれている。

「死体の損壊現場は、ここで間違いねえな」

鑑識課の係長は橙色がかった灯りが点《とも》されているユニットバスに、後ろ前に活動帽を被った顔を向けて示してから、続けた。

「排水口の縁の部品の継ぎ目から、なんとか血痕の資料はとれた。よほど熱心に後始末をしたんだろうが、律儀なもんだぜ」

鑑識課係長の言葉の後半は、心底忌々しげだった。この部屋に住んでいた朝比奈沙織を、単に警察官殺しの犯人としてしか知らされていないのかもしれない。

「ええ」明日香は短く答えるに留め、係長の肩越しにユニットバスを覗き込む。

確かに、白い強化プラスチック製の内部には、滴下血痕の染みひとつない。

「最後に、〝ルミ検〟をやってみるか？」

ルミノール検査は、その名の通りルミノール試薬を使用する検査だった。これはごく微量の血液にも反応する。通常は、最初に対象が血液かどうかの判別をするのに使用されるが、この場合は死体損壊時の状況を把握するためだ。

「——お願いします」明日香は答えた。

「解った。よし、お前ら準備しろ！　おい、そこのカメラ、準備しろ！」

明日香と写真係がユニットバスの入り口で見守る中、鑑識課員たちが光を遮断する黒いビニールを戸口に固定する。

身体を伸ばせない浴槽を除けば、ひと一人入っているのがやっとの狭さのユニットバスの中で、屈み込んだ鑑識課員が、小さなポンプで試薬を吹きかけてゆく。

「終わりました」

「よし、電気を消せ！　おい、写真！　時間がねえぞ！」

灯りが落とされた途端、真っ暗になった。

明日香の光に慣れていた視界は、漆黒《しっこく》の闇に閉ざされた。

が——、その闇の底で、燐光《りんこう》のような青白い光が、ぼうっ……と浮かび上がる。

それは、試薬の名前どおり〝光る《ルミネッサンス》〟、肉眼では確認できなかった血液の痕跡だった。

洗い流された血痕は床をうねり、排水口で半月状に途切れている。

沙織たちは、來嶋部長を殺害後に首を切断しているので、それほど血は流れていない筈だったが、それでも左右の壁や浴槽に点々と、青白い光の点が浮かんでいる。

まるで、不吉なプラネタリウムだと、明日香は思った。

「よし、撮れ！」自分の手も見えない闇の中で、鑑識課係長の指示が間近からあがった。

明日香の耳元で、カメラのシャッターを切る音が、立て続けに響く。試薬の反応している時間は短い。

明日香は撮影が終わると、黒いビニールを剝《は》がして、台所へ出た。

「柳原係長……」爽子が近づいてきて、言った。「やはり、ここで？」

「ええ、間違いないわね」

「でも、ここからどこへ……」爽子が呟く。「考えたくはないですけど……、やっぱり」

いいえ、違う。明日香の直感がそう告げていた。

それは、暗闇に浮かんだルミノール検査の結果を目の当たりにした印象からだった。

動機があるとはいえ、これほど大それたことをしたのだ。沙織に覚悟がなかった筈がない。それに、頭部離断は爽子の推測どおり、警察官である來嶋への沙織の恐怖ゆえだったのだろうが、ほかにも理由があるのではないか……？　來嶋が生き返って襲ってくるという妄想の恐怖を、より後押しした別の理由が……。

「〝自分の十字架を背負って、わたしに従いなさい〟……」明日香は呟いた。

「……〝すべて、疲れた人、重荷を負っている人は、わたしのところへ来なさい〟」

そうか、そういうことか……。

明日香は思い至って、息をついた。

「〝もし、私たちが自分の罪を言い表すのなら、神は真実で正しい方ですから、その罪を赦し、すべての悪から私たちをきよめてくださいます〟……」

爽子が案じ顔のまま、明日香を見上げた。「係長……？」

「大丈夫」明日香は顔を上げ、爽子の肩をつかんで言った。「沙織は死んだりしない」

「え？」

明日香は、自信に満ちた言葉に眼を見張った爽子の脇を抜け、居室を調べていた岸田に叫んだ。

「デスクにすぐ連絡して！　これから言うことを、植木主任にすぐ手配させて！」

第六章「終局」

「……それゆえ、信仰と、希望と、愛、この三つはいつまでも残るのです」

縦長の窓から射し込む光が、白い壁を厳粛《げんしゅく》に引き立たせるなか、司祭の説教の声だけが響いている。

そこは、東京都内、杉並区の教会だった。

説教壇で話し続ける祭服姿の司祭の前には、若い男女の背中があった。

女は白いドレス姿だった。そして、となりの礼服姿の男の腕を、支えを求めるように、そっと握りしめている。

それは、二人の結婚式だった。

けれど、新郎新婦には、ブライズメイドの少女はおろか、両親の付き添いもいなかった。それどころか、身廊《しんろう》に並ぶ長年にわたり服に磨かれた信者用の長椅子にも、祝いに集まった友人知人の姿は、ひとつもなかった。

——可哀想に……。

明日香は、説教壇とは反対側にある高廊《テラス》から、ささやかすぎる結婚式を見守りながら思った。明日香が爽子とともに立っているそこは、丈夫な樫材《かしざい》でできた教会のドアの真上にあり、教会内がほぼ見渡せる位置にありながら、死角になる場所だった。

「姿を消したのは」爽子の囁きが聞こえた。「このためだったんですね……」

明日香が眼をやると、爽子はいつもの表情で感情を押しとどめながら、向けた眼だけに悲哀の情を浮かべて、説教壇のまえで寄り添う二人を見詰めていた。

「ええ」明日香も囁き返して、眼を戻した。

司祭の説教は続いていた。

「——そして、そのなかで最も大いなるものは、愛なのです」

明日香は、それを聞きながら、小さく息をついた。

朝比奈沙織が逃亡したのは、結婚式を挙げるためではないのか——それも教会で。

明日香は沙織のアパートを捜索した際にそう直感した。そこで、宗派を問わず都内全域の教会を、虱潰《しらみつぶ》しに捜査員に当たらせた。

すると、この教会が浮かび上がったのだった。沙織と柴野は、教会式を依頼していた。

捜査本部は色めき立った。だが、必ず教会へ姿を現す保証はない。それどころか、捜査を引きつけるための陽動である可能性さえあった。

だから明日香は、立ち回りそうな先への張り込みや、宿泊施設を調べる〝旅舎《りょしゃ》検《けん》〟などの、追跡捜査に必要な手をすべて打ちはした。

けれど内心では、何故だか確信めいた予感があった。

沙織は必ず来る、と。それは、罪の重さを知っているからこそ。

そうして明日香はいま、捜査員数十人が取り囲む教会の中で、永遠の愛を誓おうとする朝比奈沙織と柴野克俊の後ろ姿を、爽子とともに見守っていた。

明日香と爽子、招かれざる客に見守られながら、式は進んでいる。

「私たちは――」

沙織と柴野が声を重ねた誓約の言葉が、明日香と爽子にも届いた。

「――夫婦として順境にあっても逆境にあっても――」

説教壇の前の二人の背中は、逆境、と口にしたときも、まっすぐ伸ばされていた。

痛々しいほどに、と明日香は思った。

「――病気のときも健康なときも――」

そして、罪を犯してしまったときも……、と明日香は心の中で呟き、付け足した。

「――生涯、互いに愛と忠実を尽くすことを誓います……！」

沙織と柴野の誓いが、余韻《よいん》を残して響いた。

爽子は胸の前で手を組んで、小さく祈りを捧げた。「本当に《アーメン》」

「……行くわよ」明日香は爽子を促して、高廊《テラス》の端にある階段へ、足音を忍ばせて向かう。

式はこれから、指輪交換へと進むはずだ。

爽子を従え、四方を狭い壁の囲う急勾配の階段を降りる明日香のポケットで、携帯電話が振動した。

「……確保はまだですか！」

耳に当てた携帯電話から、保田の押し殺した声が聞こえた。

「まだよ――手はずどおりに」明日香は鋭く囁いてから、携帯電話をしまった。

沙織と柴野に、せめてささやかな結婚式だけは、最後まで挙げさせてやりたかった。

甘いのかな、私。明日香は降りながら思った。だけど、残酷にもなりきれない。

明日香は口もとを歪めて、一階の身廊の端に繋がるドアを開いた。

そこは、天井のアーチを支える柱が並んだ教会の壁際……側廊《そくろう》だった。アーチの下の身廊にずらりと置かれた長椅子が、斜めに連なっている。

その連なりの向こうで、指輪交換を終えた沙織と柴野が、説教壇から出口の方へと振り返った。

明日香は沙織と柴野を見詰めながら爽子とともに、身廊の隅から、出口――拝廊《はいろう》玄関へと先回りするように歩き出す。

長椅子の列の真ん中を貫く中央通路を、腕を組んだまま沙織と柴野が進んでくる。

明日香と爽子は、夫婦となったばかりの二人と交叉《こうさ》するよう、足を速める――。

「朝比奈――いえ、柴野沙織さんですね」

明日香は、中央通路に立ち塞がるように爽子と足を止めて、声をかけた。

高揚とも安堵ともつかない笑顔を交わしていた沙織と柴野は、足を止めた。

そして、笑みを驚愕に塗りつぶした顔で、爽子と明日香を見た。

「誰……ですか」沙織は柴野の腕に縋《すが》り付くようにして、問い返した。

綺麗な人だ、と明日香は見詰めながら思った。

整った顔立ちのなかで、見返してくる、意志の強そうな杏形《あんず》の眼が印象的だった。

明日香は、もちろん捜査の過程で入手した写真で、沙織の面体を知悉していたが、こうして本人を目の当たりにすると、素直にそう思った。白いドレスはウェディングではなく、飾り気のないラップドレスだったが、それが逆に、沙織の美しさを引き立たせているように感じられた。

「なんですか、一体……！」柴野も沙織を抱き寄せながら小さく叫んだ。

明日香と爽子は、警察手帳を取り出して告げた。

「警視庁の者です」

沙織と柴野は、硬直したように、身を寄せあって立ち尽くした。

明日香は手帳を上着に仕舞った手で、折りたたまれた令状を取り出した。

と、明日香と爽子の背後で扉が開かれる音がして、次いで、たくさんの革靴が床を踏み鳴らして迫ってくる足音が続いた。

岸田と保田を先頭にした、捜査本部の捜査員たちだった。

教会の外から岸田たちと流れ込んできた白い陽光に照らされて、漂白されたように表情をなくしてしまった沙織と柴野に、明日香は広げた令状を示した。

明日香の左右から、捜査員たちが、飲み込むように沙織と柴野を取り囲む。

「朝比奈沙織、柴野克俊」明日香は告げた。「死体損壊及び遺棄容疑で逮捕します」

「逮捕！」岸田が腕時計を覗いていった。「十三時十五分、通常逮捕！」

「田園調布署まで引致《いんち》する」明日香は言った。「吉村さん、ワッパをかけて」

「はい」爽子はうなずくと手を腰に回し、手錠入れから手錠を取り出す。「両手を出して」

沙織の震える両腕が差し出されると、爽子は両手首に、手錠を嵌《は》めた。

「……痛くありませんか？」

爽子が優しい声で、沙織にそっと囁くのが聞こえた。

教会の玄関に回された二台の捜査車両は、沙織と柴野を別々に乗せると、走り出した。

明日香と爽子は、二台目の後部座席に、沙織を挟んで座っていた。明日香はときおり視線を流して、それとなく沙織を観察したが、うつろな表情のまま、うなだれているばかりだった。

そんな沙織がふと、顔を上げた。そして、整った顔を歪めて、窓の外を見やった。

半ば開いたままの唇が震えている。

「柴野さん？　どうしたの？」明日香は覗き込むようにして尋ねた。

「私……私……」沙織が呟いた。「まだ……朝比奈なんです」

爽子も身を乗り出して、膝に眼を落とした沙織の横顔を見詰めた。

「……じゃあまだ、婚姻届は……？」

沙織は、力なく首を上下させた。

ふたりはまだ、区役所に婚姻届を提出していないのだ。

「係長……！」爽子が訴えるように、沙織の横顔ごしに見詰めてきた。「お願いします！」

明日香は一瞬、躊躇した。が、結局、携帯電話を取りだして、前をゆく捜査車両で柴野とともに乗り込んだ岸田に連絡した。

「岸田主任？　柴野克俊は、婚姻届を持ってる？」

「ええ、身体捜検したさいに確認ずみですが、それが」

「ちょっと寄り道したいんですけど」

岸田は黙ってから、言った。「……いいんですかね？」

「馬鹿な上司を持ったと諦めて」明日香は言った。「責任はもちろん私がとります。……区役所で停めて」

明日香は電話を切った。

二台の捜査車両は、杉並区役所の手前で、路肩に寄って停まった。

「おかしなことは考えないでね」

明日香は、沙織に嵌めた手錠の片側だけをはずし、それを自分の左手首に嵌めながら言った。〝相手錠〟と呼ばれる嵌め方だが、ハンカチを巻き付けると、なんとか目立たなくできそうだった。

「もし逃げたりすれば、あなたは柴野克俊に罪を犯させただけじゃなく、彼を見捨てることになる。解ってるわね？」

我ながら狡《ずる》い言い方だとは思ったが、〝被疑者事故〟を防ぐためにはやむを得ず、なにより沙織に罪を重ねて欲しくはない。

捜査車両から押し出されるように、明日香と手錠で繫がれた沙織、それに爽子が歩道へと降り立つ。と、前に停められた捜査車両の助手席のドアが開き、保田が婚姻届を手に走ってきた。

「これですけど……」

明日香が礼を言うと、保田は顔をしかめて、黒縁眼鏡の奥から本当にいいのか、と言いたげな眼を向けた。

「でも係長、逮捕した被疑者にまずいんじゃ……？」

「すぐ戻るから」

明日香は爽子と、沙織を両側から抱えるように挟んで、一塊《ひとかたまり》になって歩き出した。

区役所庁舎へとはいると、戸籍係の窓口へとそのまま進んだ。

「婚姻届の提出をお願いします」

明日香は窓口のカウンターで、代表して声をかけた。

「はい」女性の係員はカウンターの向こうで顔を上げたが、すぐに怪訝そうな顔になった。

「あの……どうかなさったんですか?」

スーツ姿の女二人が、白いドレス姿の女性を抱えているという状況に、興味以上のものを感じている表情だった。

「どうかなさいましたか?」背後からも声がかけられた。

明日香が振り返ると、にこやかな顔に笑わない目をした警備員が立っていた。

どうやら結婚に関係した犯罪を疑われたらしい。が、それも束《つか》の間で、爽子が沙織の腕を抱えたまま、警察手帳を取り出して開くと、警備員は挙手の敬礼をしていなくなった。

「さあ、……これを」

明日香が差し出した婚姻届を受け取ると、沙織はくっきりと押された拇印《ぼいん》の朱色を確かめるようにして見詰め、それから、カウンターに置いた。

「お願い……します」

区役所を出て、路肩に停めた捜査車両に戻った。

二台目の後部座席に、明日香たち三人が乗り込むと、二台の捜査車両は、再び捜査本部のある田園調布署へと、車の流れに乗った。

これで良かったんだろうか……。後から公判で弁護士から、これも利益供与の一種だと責められる可能性は……、などと明日香が窓の外を見ながらぼんやり考えていると、不意に嗚咽《おえつ》の声がした。

朝比奈――、いや正式に柴野姓になったばかりの、沙織だった。

沙織は、両手で顔を覆って泣いていた。

「ありがとうございます……ありがとう……ございます！」

手首の手錠を鳴らしながら、膝に伏せるようにして、沙織は泣きじゃくり続けた。

そんな沙織の背中を、爽子は微笑むような優しい顔をして、さすり続けた。

「――あの日は、部活で帰りが遅くなったんです」沙織が言った。

田園調布署に着くと、すぐに取り調べが始まった。

明日香は、三畳ほどの狭く細長い取調室のドアを背にした調べ官席で、そして爽子は、ドア側の隅の補助官席で、沙織の供述に耳を傾けていた。

明日香と机を挟んで椅子に座った沙織は、鉄格子の塡《はま》った窓を背景に続けた。

「家に帰るのには近道だけど、いつもはあの公園を通らないようにしていました。昼間でも薄暗くて、あまり人も通りかからないし……。でもあの晩は、どうしてだか思い出せませんけど、……とにかく、急いでたんだと思います……」

沙織は、ごくりと唾を飲み込んで、続けた。

「私は……丘を越える遊歩道を、鞄やラケットを抱えて、走りました……。夜で怖かったし、街灯も、あまり届かないから……」

沙織は、過去が映し出されてでもいるように、灰色のスチール机の表面を見ながら言った。

「遊歩道の緩いカーブを曲がると、そこに誰かいました。公園の水銀灯がうっすら届いてましたけど……、私びっくりして立ち止まっちゃって……。でも……」

沙織は眼を閉じると、大きく息を吸ってから続けた。

「でも……帽子や肩に着けたマイクで、お巡りさんだって、すぐに気づきました……」

沙織の息が震えはじめた。

「お巡りさんは……、大丈夫？　って優しく言って落としたラケット拾ってくれて、私も安心して……。ありがとうございますって言って、また、走り出そうとしたら、なにかに躓《つまず》いて……。お巡りさんが私を、支えました」

沙織がぽつりと付け足す。「……後ろから、抱えるように」

次の言葉が出てくるまで、明日香は辛抱強く待った。

「……何秒か、そのままだったと思います。そしたら急に、背中へ怖い力を感じたんです……！　まるで……、お巡りさんだった人が、急に猛獣になったみたいでした……！」

沙織は、嗚咽混じりの湿った声で続けた。

「そのまま無理矢理、木立へ引きずり込まれました。……私は、突き飛ばされて地面に倒れました。怖くて声もだせずに見上げたとき、お巡りさんの顔は、後ろから射す公園の水銀灯のせいで……、真っ黒に見えました。そして、のし掛かってきたお巡りさんの影に、自分がすっぽり覆われた瞬間に、私の頭の中は真っ白になりました……」

沙織は、振り絞るように言った。

「……忘れたと思ってました。自分で記憶を消しちゃったんだって……。でも、……一年前、老人施設で夜勤をしているとき、利用者さんのつけてたテレビ番組を見て……！　思い出したんです！」

隣の取調室では、岸田が柴野克俊の調べを行っていた。

「最初は、沙織のためでした」

柴野は机を挟んだ岸田に言った。

「婚約を考え直したいって言われて、理由を問い質したとき、十年前に沙織が何をされたかを知りました。あんな優しい人を、傷つけた奴が許せなかったんです。……でも、沙織に呼び出された夜、あいつはこう言ったんです。〝いくら払えば黙っててもらえるんだ？〟って」

柴野は、生真面目《きまじめ》そうな濃い眉毛の下にある眼で、來嶋と同じ警察官の岸田を睨みすえた。

「僕はそのとき思ったんです。ああ、こんな奴が警察官であって良いわけがない、って。だから僕は、僕の殺意で、來嶋を殺したんです。殺してからも脅える沙織が、もう絶対に自分を脅えさせないように、いっそ首を切り落としてやりたい、と言った時も、反対しませんでした。むしろ安心させるために、積極的にやったくらいです」

エピローグ

「酒は酒だろうがよ、格好つけるんじゃねえ」

「お前はほんと、単純でいいな」

明日香の耳に、ざわめきの中から、岸田と植木が、憎まれ口を叩き合っているのが聞こえた。

田園調布署の捜査本部では、打ち上げ会が催されていた。

捜査に当たった百名近くの捜査員たちが、互いの労をねぎらい、真ん中の長机のシマに並べられたオードブルをつまみつつ、ビールのコップを片手に談笑している。

「……苦い酒だ」

「お疲れ様――はい、こっちも」

明日香は、捜査員たちの間を巡りながら、ひとりひとりにビールを注《つ》いでやっていた。そんな明日香に、ビールを満載した盆を持った爽子が、よたよたとついて歩いている。

沙織と柴野は全面的に自供していた。

容疑は死体遺棄及び損壊から殺人に切り替えられ、裏付け捜査で、死体損壊に使用された電気ノコギリも、自供どおり荒川の底から発見されていた。

マスコミは逮捕された被疑者が女性と発表されると驚嘆し、さらに十年前の來嶋聖司巡査部長の問われなかった罪が動機と知ると、さらに過熱していった。

けれど、そんな表のことは、ここ捜査本部では喧噪《けんそう》でかき消されてしまう。

明日香は、各所轄から集められた応援の指定捜査員たちに、一通りビールを注いで回った後、第五係の面々のたむろしている一角に、爽子を連れて足を運んだ。

「みんな、お疲れ様」

明日香は、捜査の屋台骨を担《にな》った男たちにビールを注いでやりながら、礼を言った。

そして、明日香は最後に、爽子の手を取るようにコップを渡すと、琥珀《こはく》色の液体で満たした。

「吉村さんを最後にしたのはね」明日香は小声で告げた。「……一番、感謝してるから」

「いえ……あの」爽子は眼を瞬かせながら言った。

「ありがとうございます!」

爽子は照れ隠しのように、コップを一気に傾けた。……が、コップを下ろすとすでに、顔が真っ赤になっている。

「あ、ごめんなさい」明日香は慌てて、爽子を隅の椅子まで支えて歩きながら言った。「吉村さんは、お酒、全く駄目だったわね」

「……すいません」

明日香は笑って、爽子を座らせる。それから腰を伸ばすと、日高冴子が講堂を出て行くのが、騒いでいる捜査員のあいだに垣間《かいま》見えた。

明日香は講堂を抜け出すと、冴子の後を追った。

冴子は女子トイレに消え、明日香も続いた。

そして、水を流す音とともに個室のドアを開けた冴子に、明日香は立ち塞がった。

「な、なんですか先輩?」

「ひとつ教えて欲しいんだけど」

明日香は冴子を見詰めた。「公安部は知っていたんじゃないでしょうね?」

「なにをですか?」

「來嶋巡査部長殺害の動機が、十年前の出来事だってことを」

「………………」

「公安時代にも同様の不祥事を起こしたか、公安出身の多い監察あたりから情報提供でもあったか……。端緒はなんでもいいけど、あなた方はそれを知ったから、來嶋を公安から追放し、所轄に飛ばした」

明日香は続けた。「そして私が來嶋の過去をネタに、公安に仕返しでもすると思った?　だから日高さん、あなたが——」

「違います」冴子は言下に答えた。

「では何故、あなたはこの本部に張り付いてたの」

冴子は無言だった。

「……言うわけないわよね」明日香は自分に苦笑した。

冴子は息をついた。

「ここだけの話にしてください」冴子は静かに言った。「私の対象《モニター》は、先輩じゃありません」

「……じゃあ、誰だっていうの？」

「犯罪マニアの根暗女、です」冴子は口許を歪めた。

「吉村さんを……？」明日香は怪訝な表情で言った。「でも、日高さん、とても対象者から信頼を得られる態度とは思えなかったけど」

「昔からです」冴子は吐き捨てた。「それに、あいつが先輩にとって疫病神《やくびょうがみ》だと思うと、つい……」

「疫病神……？　吉村さんが？」

「とにかく、どういう理由かはもちろん知らされてはいませんけど、あいつに憂慮している偉い人がいるようです――これ以上はいくら先輩でも……失礼します」

明日香は立ち尽くしたまま、冴子が脇を抜けてゆくのに任せた。

吉村さんに、上層部が関心を持っている……？

――どういうこと……？

けれど、爽子に興味をもっているのは、それだけではなかった。

「あのう、係長？」

講堂に戻った明日香に、保田が声をかけてきた。

「なに？　ホダくん」

「いや、……その」保田は言いにくそうに言葉を切った。「ちょっと聞きたいんですが」

「なに？」

「いやその……、吉村部長って、付き合ってる男はいるんでしょうか？」

「え！」

明日香は絶句した。が、真剣な顔の保田と、爽子の親友以上恋人未満の存在である、藤島直人《ふじしまなおと》の顔が重なった。

「うん……まあ……」明日香は曖昧《あいまい》に言った。「……何事も可能性はある、と思うわよ、うん」

明日香は、保田の肩をぽん、と叩いて言った。

【参考文献】

「刑事たちの挽歌」髙尾昌司　文藝春秋
「現着」久保正行　新潮社
「警視庁組織犯罪対策部」相馬勝　イースト・プレス
「アウトロー刑事の人に言えないテクニック」小野登志郎　洋泉社
「犯罪者プロファイリングは犯人をどう追いつめるか」桐生正幸　河出書房新社
「捜査心理学」渡辺昭一　北大路書房
「刑事捜査バイブル」北芝健監修　相楽総一著　双葉社
「警視庁捜査一課刑事」飯田裕久　朝日新聞出版

本書は２０１３年10月に刊行された徳間文庫の新装版です。
なお本作品はフィクションであり実在の個人・団体などとは一切関係がありません。

徳間文庫

警視庁心理捜査官
捜《そう》査《さ》一《いっ》課《か》係長《かかりちょう》 柳原《やなぎはら》明《あ》日《す》香《か》
〈新装版〉

2021年11月15日 初刷

著者 黒《くろ》崎《さき》視《み》音《お》
発行者 小宮英行
発行所 株式会社徳間書店
東京都品川区上大崎三−一−一 〒141−8202
目黒セントラルスクエア
電話 編集〇三（五四〇三）四三四九
販売〇四九（二九三）五五二一
振替 〇〇一四〇−〇−四四三九二
印刷
製本 大日本印刷株式会社

ISBN978-4-19-894689-0 （乱丁、落丁本はお取りかえいたします）